KB274740

뒤돌아선 아이 앞만 보는 엄마

두돌아선아이 앞만보는엄마

초판 1쇄 인쇄 2013년 11월 22일
초판 1쇄 발행 2013년 11월 27일

글 | 김미경 그림 | 김지현
펴낸이 | 연준혁 기획 | 스토리로직
스콜라 부문대표 | 황현숙

출판 5분사 편집장 | 배재성
제작 | 이재승

펴낸곳 | ㈜위즈덤하우스
출판등록 | 2000년 5월 23일 제13-1071호
주소 | 경기도 고양시 일산동구 장항동 846번지 센트럴프라자 6층
전화 | (031)936-4000 팩스 | (031)903-3891
전자우편 | scola@wisdomhouse.co.kr 홈페이지 | www.wisdomhouse.co.kr
종이 | 월드페이퍼 인쇄·제본 | (주)현문

ⓒ김미경, 2013
ISBN 978-89-6247-402-2 04810 ISBN 978-89-6247-401-5(세트)

국립중앙도서관 출판시도서목록(CIP)

뒤돌아선 아이 앞만 보는 엄마 / 글: 김미경 ; 그림: 김지
현. — 고양 : 위즈덤하우스, 2013
p. ; cm

ISBN 978-89-6247-402-2 04810 : ₩10800
ISBN 978-89-6247-401-5(세트) 04810

동화(이야기)[童話]
813.8-KDC5 CIP2013024285

뒤돌아선 아이 앞만 보는 엄마

글 김미경 | 그림 김지현

스콜라

여러분의 동기를 찾아보세요!

나는 공부를 잘 못하는 겁이 많은 아이였습니다. 새벽부터 가방을 메고 골목길 어귀에서 늦었다고 징징대며 울고, 잠 잘 때도 가방을 메고 자던 걱정이 많은 그런 아이였습니다. 이 아이에게 공부란 무엇이었을까요? 공포였습니다. 잘 모르면 매를 맞으며 공부하던 그런 시절이었으니까요. 잘하면 칭찬 받고 못하면 벌 받고 무시당하는 것! 공부와의 만남은 그렇게 시작되었지요.

학년이 올라가면서 즐거운 일도 많았지만 공부는 여전히 부담스러운 대상이었습니다. 가끔씩 점수와 등수가 교실 벽에 공개되기도 했는데 정말 두려운 일이었습니다. 그 시절 나는 왜 해야 하는지도 모른 채 단지 점수를 높이기 위해, 친구보다 더 나은 점수를 받기 위해, 어른들에게 인정받기 위해 공부를 했습니다.

세상에 공부를 잘하고 싶은 마음이 없는 사람이 어디 있을까요?

공부는 하기 싫지만 좋은 성적은 받고 싶다고요? '그건 도둑놈 심보야.' 항상 부모님이 야단치며 하시는 말씀이었지요. 나는 도둑놈이 되기는 싫었어요. 그리고 좋은 대학에 가고 성공한 사람이 되려면 공부를 해야 한다기에 나름 열심히 했어요. 그 결과 대학은 갔지만 자신이 무엇을 좋아하는지 무엇을 원하는지도 모른 채, 여전히 공부를 부담스러워하는 어른으로 자랐습니다.

그런데 사회에 나와 일을 하고 아이를 키우다 보니 세상이 조금씩 달리 보이기 시작했어요. 무엇보다도 공부에 대한 욕구는 인간이 가장 기본적인, 아주 강렬한 욕망이라는 걸 알게 되었습니다. 어려운 사정 때문에 학교에 갈 수 없는 사람들에게 가장 큰 소원은 남들처럼 학교에서 공부하는 것이라고 하잖아요. 고백하자면, 누가 시켜서 하는 공부는 하기 싫었지만 내게 필요한 공부는 싫지 않았고, 정말 궁금하고 알고 싶은 게 생기면 스스로 도서관에 가서 책도 뒤지고 다른 사람에게 물어 보기도 했거든요. 학교 공부든 사회 공부든 넓게 보면 모두 사람이 사람답게 살기 위해 꼭 필요한 배움의 과정이 아닐까요? 그걸 누가 부정할 수 있겠어요. 우리의 삶과 이 세상 자체가 하나의 학교인데 말이죠.

공부는 또한 내 마음을 알아가는 여행이라는 생각도 들었습니다. '나의 마음'이라는 미지의 세계로 떠나는 흥미진진한 여행, 그 여행을 통해 사람들은 자신이 좋아하는 일을 찾고 세상에 자신을 표현하고 이웃과 소통합니다. 때로는 무엇이 되지 않아도 그 과정 자체만으로도 즐겁고 행복하지요. 마치 목적지에 도착하기 전이라도 주변 경치를 감상하고 새로운 친구를 사귀다 보면 그 자체로 의미가 있듯이 말이죠.

요즘 어린이들에게도 배우는 일이 그렇게 즐겁고 가슴 뛰는 일이 될 수만 있다면 얼마나 좋을까요? 자기 마음을 만나는 그런 여행이 되면 얼마나 좋을까요? 나는 어린이 친구들을 보며 그런 생각을 하게 되었어요.

이 책을 쓰면서 어린 시절의 나를 다시 만났습니다. 엄마도 만나고 아빠도 만나고 친구도 만나고 선생님도 만났습니다. 어둠 속에

밀쳐두었던 어린 시절의 기억을 이곳으로 데려와 함께하는 일은 유쾌한 일만은 아니었습니다. 하지만 그 시절 나의 행동과 생각에 대해서, 또한 전혀 이해가 되지 않았던 어른들의 행동에 대해서 조금 더 공감할 수 있었던 소중한 시간이었습니다. 독자 여러분도 이 책을 통해 자신을 돌아보고 엄마의 목소리에도 귀를 기울이는 기회가 되기를 바랍니다.

　이야기의 주인공은 공부도 잘 못하고 산만하며 좌충우돌 사고뭉치인 '나동기'입니다. 공부는 하기 싫지만 성적은 잘 받고 싶은 예전의 나를 꼭 닮았지요. 동기는 참 이상한 친구입니다. 책 속에서 나동기는 동기를 찾으려 정말 애를 쓰고 있거든요. 그게 무슨 말이냐고요? 궁금하면 어서 책을 읽어 보세요.

김미경

차례

엄마가 없는 날

오늘은 엄마가 없는 날이다.

좀처럼 집을 비우지 않는 엄마가 간만에 외출을 했다. 이런 날을 동기는 얼마나 기다려 왔던가! 엄마 없을 때 친구들과 집에서 마음 놓고 실컷 놀아 보고 싶었다.

와아아!

현관문이 열리자 한 무리의 아이들이 몰려들었다. 초대한 아이는 여섯 명이나 되었다. 아이들은 신발을 아무렇게나 벗어던지며 들어왔다.

"야! 게임기 꺼내 봐! 빨리 빨리!"

아이들은 집에 들어서기가 무섭게 게임기부터 찾더니 서로 먼저 하겠다고 밀고 당기며 아우성을 쳤다.

그 순간 소란을 뚫고 날카롭게 전화벨이 울렸다. 엄마의 확인 전화였다.

"여보세요. 엄마? 누가 왔냐고? 음, 영수랑 기철이 데리고 왔어. 같이 숙제하려고."

동기는 아이들에게 조용하라며 손사래를 쳤다.

"쉿! 숙제하신단다. 숙제!"

"응, 알았어. 걱정 마셔. 학원도 시간 맞춰 갈 거야. 알았다니까!"

동기가 수화기를 내려놓자 아이들은 떼굴떼굴 구르며 참았던 웃음을 터트렸다.

"나동기 엄마한테 꼼짝 못하는 것 좀 봐."

"야! 그만해, 꼼짝 못하는 게 아니라 귀찮아서 그래. 우리 엄마 잔소리 장난 아니거든. 책상 치워라, 숙제해라, 옷 똑바로 벗어라, 준비물 챙겨라, 손 씻어라. 후유, 나도 알고 보면 불쌍한 인생이라고! 엄마의 신호에 움직이는 무선 조종 로봇!"

동기가 한숨을 내쉬며 말했다.

"네가 제대로 안 하니까 엄마가 잔소리 하는 거 아니야?"

바른말 잘하는 현우가 끼어들었다.

"이 세상에 척척 알아서 다 하는 사람이 어디 있냐. 아무튼 동기 어머니는 좀 유별나신 것 같아. 동기 너 좀 괴롭겠다."

동기하고 죽이 잘 맞는 기철이가 눈치를 살피며 거들었다.

한동안 아이들은 신 나게 게임 패드를 눌러댔다. 순서에서 밀려난 건우와 민수는 방으로 들어가 컴퓨터를 했다.

"야! 뭐 먹을 거 좀 없냐? 초대를 했으면 맛있는 거 좀 대접하고 그래 봐라."

넉살 좋은 기철이가 게임 패드를 두드리며 말했다.

"라면! 라면!"

아이들이 일제히 라면을 외쳤다. 동기에게는 그 아우성이 환호처럼 들렸다.

"팬들이 그토록 원한다면……. 라면이 무엇인지 오늘 진수를 보여 주마."

동기는 마치 무대 위의 주인공이라도 된 듯 으스대며 주방으로 갔다. 현란한 손놀림으로 야채를 썰어 넣고, 소시지도 듬뿍 넣었다. 마지막으로 치즈를 얹어 마무리했다. 너무 들뜨고 흥분한 탓일까 싱크대는 남은 야채들과 수저, 그릇들로 엉망진창이 되어 있었다.

"동기표 황홀한 퓨전 라면 등장이다. 냄비 받침! 저기 있다. 저 책 좀 깔아 봐."

동기는 라면 냄비를 들고 거실로 왔다.

"《여자 행복어 사전》? 여기 흘리면 혼나는 거 아니니?"

기철이가 책을 살폈다.

"괜찮아, 엄마 책인데 보지도 않아. 뜨거워 빨리 놔!"

"너희 엄마가 쓰신 거야?"

"아니. 우리 엄마는 집에서 놀고 계신데 무슨 책을 써. 아주 옛날에 출판사 다닐 때 만든 거라나? 빨리 깔아. 뜨겁단 말이야!"

기철이가 책을 거실 바닥에 던지자 동기는 커다란 냄비를 철퍼덕 내려놓았다. 일곱 개의 머리가 냄비 주변을 에워쌌다. 후루룩 후루룩 젓가락들이 쉴 새 없이 오고갔고, 엄마의 《여자 행복어 사전》은 라면 국물로 얼룩졌다.

"라면 맛이 짱이다 짱! 진짜 맛있다."

"오호, 동기 너 제법인데!"

기철이가 엄지손가락을 추켜세우며 동기를 띄워 주었다. 아이들도 덩달아 감탄의 말들을 쏟아 냈다. 동기는 친구들의 칭찬이 라면

보다 백 배는 더 달콤하고 맛있었다. 아이들은 마파람에 게 눈 감추듯 순식간에 라면 한 솥을 깨끗이 비웠다.

띠리링 띠리링.

전화벨이 요란하게 다시 울렸다. 역시 엄마였다.

"여보세요. 다섯 시 반이 넘었다고? 헉, 진짜네. 가면 되잖아 지금 갈 거야, 간다고."

동기는 전화를 끊고 부리나케 학원 가방을 챙겼다.

"집 좀 치워야 하지 않을까?"

현우가 걱정스런 표정으로 물었다.

동기는 그제야 집안을 둘러보았다. 치울 엄두가 나지 않을 만큼 난장판이었다. 주방은 라면 끓인 흔적들로 엉망이고, 거실은 태풍이 지나간 듯 컵과 쿠션들, 과자 봉지와 게임기, 게임팩들이 널브러져 있었다.

"몰라, 나 학원 늦었어!"

동기는 아이들과 함께 우르르 집을 나섰다. 현관문이 잠겼는지 확인하는 것도, 단어집을 깜빡한 것도 학원 버스에 올라타고야 생각났다.

첫 가출

"휴우, 나동기! 내가 너 때문에 골치가 아프다. 58점이 뭐니? 수업 시간에는 도대체 뭘 하셨을까?"

담임선생님은 동기 얼굴과 수학 시험지를 번갈아 쳐다보며 물었다. 키득키득 아이들의 웃는 소리가 여기저기서 들려왔다.

"반 평균 까먹고 친구들에게 피해를 끼쳤으니 어떻게 할래?"

"앞으로 열심히 할게요."

제발 일이 더 커지지 않고 이쯤에서 마무리되기를 동기는 맘속으로 간절히 기도했다. 이 일이 엄마에게 들어가면 그 고통은 몇 배로 커지기 때문이다. 얼마나 많은 날들을 시달려야 할지…….

"열심히 가지고는 안 되겠는데. 열심히 하기만 하면 뭐 해 만날 그 지경이면. 아무래도 부모님과 면담을……."

그 순간 동기는 선생님 말을 막고 거의 매달리다시피 하며 빌었다.

"선생님, 이번엔 정말 열심히 할 거예요. 지난번에는 공부를 하나도 안했어요. 본격적으로 수학 공부 시작했다니까요. 다음에는 정말 잘할 자신 있어요. 수업도 열심히 듣고요, 학원도 열심히 다니고 있어요."

선생님은 한참 동안 아무 말이 없었다. 간절한 얼굴로 선생님을 쳐다보며 껌벅껌벅 처분을 기다리는 동안 숨 막히는 침묵이 이어졌다. 꼴깍 침 넘어가는 소리, 거친 숨소리, 쿵쾅쿵쾅 심장 뛰는 소리. 가슴이 터질 것 같았다.

이윽고 선생님은 동기의 얼굴을 빤히 바라보셨다. 그리고 뭔가를 결심한 듯 펜으로 책상을 내리치셨다.

"한 번만 기회를 더 달란 말이지?"

"이번에는 정말 다르다니까요. 예전이랑은 달라요."

"그래? 그럼 한번 믿어 보자. 다음 시험엔 어떻게 할 건지 약속하고 들어가라. 구체적으로 목표를 정하라고! 몇 점 이상 혹은 반에서 몇 등 그렇게 구체적으로 말이다."

"90점! 90점 이상이요."

헉! 동기는 자신이 한 말에 스스로도 놀랐다. 수학이라면 90점은 고사하고 70점을 넘어 본 적도 없기 때문이다. 선생님은 동기가 정한 목표 점수를 수첩에 메모한 뒤 그제야 자리로 들어가라고 했다.

기철이랑 영수가 와서 위로랍시고 이말 저말 건넸지만 별로 대꾸하고 싶지 않았다. 창피했다. 쥐구멍에라도 들어가고 싶은 심정이다. 특히 도도한 바른이 계집애 옆을 지나칠 땐 투명 인간이 되어 버렸으면 했다. 억지로 담담한 척 옆을 지나려는 순간, 바른이가 리코더를 내밀었다.

"나동기! 여기 리코더!"

"이걸 왜?"

"너네 어머니가 전해 달라고 하셨어."

바른이는 고개도 돌리지 않은 채 대답했다.

"어어 그래?"

리코더를 손에 받아 쥐고 동기는 한참을 망설였다.

'엄마가 다녀간 것이 언제였을까? 선생님께 혼나는 걸 보신 걸까? 물어 볼까? 말까?'

“우리 엄마가 혹시…….”

딩동 딩동.

때마침 수업종이 울렸다. 바른이에게 확인을 못한 채 걱정을 가득 안고 오후 수업을 마쳤다. 도저히 물어 볼 용기가 나지 않았다.

집 앞에 도착한 동기는 숨을 크게 들이쉬며 문에 다가섰다. 그리고는 최대한 조용히 문을 열었다.

“다녀왔어요.”

“너 이리 들어와 봐!”

엄마의 반응이 예사롭지 않다.

“왜에에……그러세요, 엄마.”

“왜 그러냐고? 너 진짜 몰라서 그래? 어디서 얼렁뚱땅 넘어가려고. 리코더 때문에 학교에 갔다가 내가 다 봤는데.”

“그게 아니라…….”

“그게 아니긴 뭐가 아니야. 내가 창피해서 고개를 들고 다닐 수가 없다. 너 보고 일등 하라고 한 적 있니? 기본만! 어느 정도 기본만 하라는데 그걸 못해서…….”

엄마의 표정이 여느 때와 달랐다. 거의 이성을 잃은 모습이었다.

"엄마, 제발 제 말 좀 들어 보세요."

"들어보나 마나 만날 그 말이 그 말이지. 네가 혼자 제대로 하는 일이 뭐가 있니. 준비물이고 학원 시간이고 제대로 챙기는 게 뭐가 있어. 그러니 공부인들 잘 하겠니. 바른이 좀 봐라. 걔는 놀기도 잘 놀고, 공부도 잘하고, 제 할 일 딱딱 알아서 하고. 달라도 어쩜 이렇게 다르니. 너는 창피하지도 않니?"

'바른이?'

학교에서부터 꾹꾹 눌러 왔던 울분이 터져 올라왔다. 동기는 부들부들 떨며 두 주먹을 불끈 쥐었다. 고개를 숙인 채 화를 삼켜 보려 애를 썼지만 소용이 없었다. 얼굴이 벌겋게 달아올랐다.

"내가 뭘 그렇게 잘못했는데. 나보다 공부 못하는 애들이 얼마나 많은데! 사람을 왜 바보로 만들어. 공부 못하는 게 죽을 죄라도 되는 거야!"

어느새 얼굴은 엉망으로 일그러져 가고 두 눈에서는 눈물이 뚝뚝 흘렀다.

"잘못한 게 없다고? 내가 공부만 가지고 이러는 거니? 너 스스로 알아서 하는 게 뭐가 있어. 잔소리 없인 아무것도 안 되잖아. 뭘 잘못했는지 그래도 몰라! 넌 참 아무짝에도 쓸모없는 구제불능이다!”

“그래 맞아! 난 해도 안 돼! 구제불능이야! 엄마 말대로 난 도저히 안 되는 사람이라고. 이제 됐어? 바른이가 그렇게 좋으면 바른이 데리고 살지 나를 낳기는 왜 낳았어. 내가 사라져 줄게. 나가면 될 거 아냐. 나간다고!”

동기는 가방을 벗어던지고 문을 벌컥 열고 나갔다.

무조건 달렸다.

숨이 턱에 차도록 쉬지 않고 달렸다. 얼마나 달렸을까 온몸은 땀으로 흠뻑 젖었다. 사람들도 길들도 낯설었다.

‘내가 집에 들어가나 봐. 난 절대 집에 안 갈 거야. 못 찾는 곳에 숨어 버릴 거야.’

비장하게 선언해 보지만 알아주는 이도 아는 척 하는 이도 없다. 사람들은 모두 자신의 일밖에 관심이 없어 보였다.

‘어디로 가지? 어떻게 해야 하나? 기철이나 불러 내? 아니 학원 갔을 거야. 피시방이나 갈까? 거기서는 밤을 새도 될 테니까……’

이런저런 생각을 하며 터벅터벅 걷다 보니 어느새 지하철역 매표소이다. 동기는 지하철역 안에 있는 작은 도서관 의자에 털썩 앉았다.

'이제 어쩌지? 집으로 갈까? 으으, 엄마의 그 지겨운 잔소리를 어떻게 참아! 자존심이 있지. 그건 아니다.'

동기는 땀으로 폭삭 젖어 버린 머리를 설레설레 흔들었다. 그때 서너 명의 할머니들이 앉아 이야기꽃을 피우고 있는 모습이 눈에 들어왔다. 순간 스쳐가는 푸근한 외할머니의 얼굴. 외할머니는 무조건 괜찮다고 하시고 '이쁜 내새끼.' 하며 안아 주실 텐데. 찔끔 눈물이 났다.

'아, 맞다! 외할머니! 외갓집에 갈까? 그럴까? 대전까지 가려면…… 돈!!'

바지 주머니를 뒤졌다. 7000원이 있었다. 필통 사려고 받은 돈인데 아침에 늦어서 허둥대는 바람에 미처 사지를 못했다. 얼마나 다행인가!

서울역은 사람들로 북적댔다.

어깨를 툭툭 스치며 사람들은 어디론가 바삐 움직이고 있었다. 동기는 내내 주머니에서 손을 빼지 않았다. 혹 돈을 잃어버릴까 한 순간도 놓지 않고 꼭 쥐고 있었다. 돈은 땀으로 축축하게 젖어 있

었다. 겁이 나서 두 다리는 달달 떨렸다. 생각해 보면 늘 누군가와 함께 다녔다. 엄마나 아빠 혹은 친구들이 곁에 있었다. 이렇게 완전히 혼자이기는 처음이다. 게다가 이렇게 낯설고 먼 곳까지 오기는 더더욱 처음이다.

동기가 선뜻 표를 사지 못하고 엉거주춤 매표소 앞을 머뭇거리고 있자 창구 직원이 물었다.

"어디 가니?"

"저어, 대전이요."

"11000원."

11000원이란 말에 동기는 화들짝 놀랐다. 주머니에 있는 돈은 겨우 7000원뿐인데.

"헉, 그렇게 비싸요? 더 싼 건 없어요? 돈이 모자라서……."

"무궁화 말이니? 대전 5100원. 6시 40분 차 곧 출발하니까 바로 타야 한다. 뛰어야 될 거야."

동기는 표를 받아 들고 계단을 뛰어 내려갔다. 사람들은 모두 기차에 올라탔고 기차는 출발 준비를 하고 있었다. 아슬아슬 간신히 기차에 올라탔다. 숨을 돌리며 풀썩 의자에 몸을 던졌다. 어느새 기차는 서울역을 벗어나 한강 철교를 지나고 있었다.

깜빡 잠이 들었다. 얼마나 잔 것일까? 대전이라는 소리에 화들짝 놀라 기차에서 뛰어내렸다. 기차는 플랫폼에 사람들을 쏟아 내고 순식간에 아득히 사라졌다. 북적대던 플랫폼은 쥐 죽은 듯 고요해졌다.

'이제 어떡하지? 엄마……'

느닷없이 튀어나온 엄마라는 말에 동기는 눈물이 왈칵 쏟아질 것 같아 이를 악물었다. 낯선 대전역 광장은 어두워져 있었고, 노숙자들은 신문지를 펴서 쉴 자리를 만들고 있었다.

터벅터벅 역 광장을 걸어 나왔다. 전혀 모르는 가게들과 사람들. 동기는 겁이 났다.

'나는 가출했다! 돈이라고는 1900원 밖에 없고, 이젠 정말 집으로 돌아갈 수도 없다. 아는 사람 하나 없고, 정말 혼자구나!'

허둥지둥 공중전화를 찾아 외할머니께 전화를 걸었다. 외할머니 목소리를 듣는 순간, 참았던 울음이 터져 나왔다.

"엉엉."

동기는 뒷말을 잇지 못하고 꺼이꺼이 울었다.

"이 할미가 갈 테니까 꼼짝 말고 기다려! 누가 가자고 해도 절대 따라가면 안 된다. 금방 가마."

동기가 외할머니를 만난 건 30여 분이 지나서다. 정말 단숨에 달려오셨나 보다.

외할머니 집에 도착하자 배꼽시계가 요란하게 울어댔다. 그러고 보니, 학교에서 급식도 먹는 둥 마는 둥 하고 제대로 먹은 것이 없었다.

늦은 밤, 동기는 외할머니가 차려 주신 밥상을 마주했다. 고슬고슬 냄비에 갓 지은 밥과 동기가 태어나기도 전부터 있어 왔던 뚝배기에 끓인 외할머니표 된장찌개. 동기는 정신없이 밥을 먹었다.

"외할머니가 해 주시는 밥은 세상에서 제일 따뜻하고 맛있어요. 특히 된장찌개는 정말 짱이에요. 엄마가 끓인 된장찌개하고는 천지 차이예요."

"시장이 반찬인 게야. 배가 고파 더 맛있는 게지."

아니라고 하시지만 외할머니는 좋아라 하시며 활짝 웃으셨다

"엄마는요, 몸에 좋다는 버섯이랑 이것저것 다 집어넣어서 끓이는데도 맛은 영……. 이 맛이 안 난단 말이에요. 비결이 뭐예요?"

동기는 궁금한 얼굴로 외할머니를 말똥말똥 쳐다보았다.

"엄마는 네 몸에 좋으라고 버섯이야 뭐야 야채를 잔뜩 넣어 끓이잖아. 또 짠 거 몸에 해롭다고 심심하게 끓이고. 그런데 이 할미는

그런 된장은 싱거워. 된장은 장맛이 칼칼하게 나야 제 맛이지. 호박이랑 매운 고추랑 파만 조금 넣고 끓이는 게야. 우리 동기가 맛을 아네."

"맞아요!! 제가 음식에 일가견이 있어요. 두부는 또 왜 이렇게 맛있어요. 이것도 서울서 먹는 거랑 맛이 달라요. 어떻게 하신 거예요?"

"동기가 요리에 아주 관심이 많구나. 외할머니는 구식인데……. 소금물에 두부를 담가서 간을 맞췄다가 들기름에 살짝 지진 거여. 양념도 없고 맛이 밍밍할 텐데."

동기는 맛을 깊이 음미라도 하듯 고개를 끄덕였다.

상을 물리자 벌러덩 자리에 누워 텔레비전을 켰다. 비록 텔레비전은 낡았지만 집에서처럼 케이블 채널이 빵빵하게 나와 반가웠다. 개그 프로그램에 채널을 고정시켰다. 찡그린 엄마 얼굴이 스쳐 갔다.

'이렇게 재밌는 걸 보면서 어떻게 그렇게 인상을 찌푸릴 수 있을까?'

동기는 엄마를 이해할 수 없었다.

깔깔 웃음이 터져 나왔다. 어느새 외할머니는 동기 옆에서 팔다리와 배를 쓸어 주고 계셨다.

"에구, 얼마나 애를 썼누. 할미 손이 약손이다. 동기야 외할머니가 엄마한테 전화했어. 엄마가 많이 놀랐나 봐."

"엄마가 뭐라고 해요? 화 많이 났어요?"

외할머니는 빙그레 웃으셨다.

"왜? 혼날까 겁나니? 엄마가 데리러 온대. 네가 할미 찾아온 걸 엄마는 다행이다 고맙다 생각했을 거다. 걱정 말고 어여 자자."

동기는 입맛만 쩝쩝 다시며 아무 말 하지 않았다. 불편한 이야기는 외할머니가 대신 엄마에게 전했으니 걱정할 필요도 없다. 지금 이 순간은 해야 할 일도 없고 배도 부르고 편안하다.

"내 손이 약손이다."

동기는 외할머니의 목소리를 자장가 삼아 스르르 잠이 들었다.

아침에 잠을 깬 동기는 외할머니와 두런두런하는 엄마 소리가 들리자 걱정이 앞섰다. 엄마는 걱정을 몰고 오는 능력이 있다. 적어도 동기에게는 그렇다. 숙제, 성적, 해야 할 일을 떠올려 주는 엄청나게 불편한 능력을 지녔다. 게다가 아빠에게 전화를 걸어 그 전화를 자기에게 받으라고 하니 눈치 없고 센스 꽝인, 부담백배의 엄마라고 생각했다.

"아아, 배 아파. 나 화장실……."

동기는 배를 움켜쥐고 화장실로 냅다 달아났다. 문을 걸어 잠그고 변기 뚜껑을 닫은 채 앉았다. 크게 숨을 들이마셨다가 내쉬며 심호흡을 했다. 그리고 아빠와의 통화가 끝나기를 숨죽이며 기다렸다. 딸깍, 수화기 내려놓는 소리가 들렸다.

일단 위기일발의 상황으로부터 무사히 벗어났다. 날카롭고 예리한 아빠의 레이더망에서 벗어났다. 어차피 서울 가서 겪어야 할 고통인 것을, 뭐 미리부터 자초할 필요는 없다고 동기는 생각했다. 매도 미리 맞는 것이 낫다고 하지만 천만에 만만에 말씀이다. 지금 같은 상황에서는 피할 수 있을 만큼 피했다가 아빠 화가 좀 누그러졌을 때 나타나는 것이 현명한 방법이라고 생각했다.

엄마는 얼굴이 불편해 보였다. 야릇하고 못마땅한 눈초리가 동기도 편치 않았다. 하고 싶은 잔소리를 꾹꾹 눌러 두느라 그런 것이란 걸 동기는 안다. 그 잔소리를 잠재운 것이 외할머니라는 것도 동기는 안다.

그래 나는 가출 했지. 죄를 지었잖아. '죄송합니다, 용서해 주세요.' 하는 그런 불쌍한 표정을 지어야 하지 않을까?

생각은 그렇게 하지만 표정 관리가 어렵다. 텔레비전이 자꾸 동기를 웃게 만든다. 어느새 동기는 배를 잡고 데굴데굴 방바닥을 뒹굴며 웃고 있다.

고개를 돌려 흘낏 엄마 눈치를 살폈다. 이토록 재미있는 걸 엄마는 왜 모르실까? 동기는 참 비극이라고 생각했다.

'엄마는 너무 심각하고 비장해!'

외할머니 집은 마당도 있고 나무도 있는 단독 주택이다. 엄마가 어릴 때부터 한 번도 이사를 하지 않았다고 한다. 역사와 전통이 있는 집이라고 엄마는 늘 자랑스럽게 말했다. 생각해 보니 친할머니 집보다 외할머니 집에 더 자주 온 것 같다. 어쨌든 동기도 이 집이 좋다.

"우리 손자 갈비찜 해 줄게, 좋아하는 밤 자뜩 넣고."

"외할머니 저도 같이 할래요. 저 요리 좋아해요. 김치 부침개 잘 만들어요."

"그럼 어디 손자 솜씨 한번 볼까?"

동기는 외할머니와 함께 저녁 준비를 했다. 김치를 송송 썰고 두부를 으깨고 밀가루를 풀어 부침개 반죽을 만들었다. 외할머니가 갈비찜에 넣을 밤을 까는 동안 동기는 당근으로 예쁘게 모양을 만들었다. 또 외할머니가 부치신 지단을 별, 달 모양으로 잘랐다.

"어머, 우리 손자 좀 보소. 재주가 보통이 아닌걸. 정말 요리사 같구만."

동기는 정말 기분이 좋았다. 외할머니는 하지 말라는 말씀을 절대 안 하신다. 무조건 해 보라고 하신다. 그래서 동기는 신이 났다. 요리를 하는 동안 마치 마술사가 된 것처럼 흥미진진했다. 자꾸 해 보고 싶고 궁금해지고 이런 기분 처음이다.

"제가 공부는 별로지만 요리는 좀 해요. 헤헤헤."

외할머니는 서툴지만 좋아라 하며 요리를 하는 동기를 신기한 눈으로 가만히 바라보셨다. 약간 놀라신 듯했다.

"외할머니, 왜요?"

"요리를 좋아한다니 참 신기해서 그러지. 눈이 아주 초롱초롱하구나. 뭐가 그리 재미있누?"

"김치가 두부를 만나면 어떤 맛일까? 궁금하잖아요. 그리고 엄마랑 외할머니는 이걸 드시고 어떤 표정을 지을까? 행복해 하실까? 좋아하실까? 만들기보다 게임보다 더 재미있는걸요."

"우리 손자가 참 재주가 있구나! 요리왕 뽑는 대회는 없다냐? 그런데 나가면 동기가 일등 먹어 버릴 텐데……."

"그런데 엄마는 공부나 잘 하래요. 그래서 해 볼 기회가 없었어요. 오늘 전 정말 운이 좋은 거예요. 외할머니 계시니까 엄마가 아무 말도 못하잖아요."

"에구구, 그놈의 공부도 음식 만드는 것처럼 그렇게 재미나면 얼마나 좋을까! 뭐든 재미를 붙여야 신이 나는 법인데."

동기는 생각했다. 공부도 요리처럼 맘대로 뚝딱 뚝딱 할 수 있다면 얼마나 좋을까? 그럴 수만 있다면 바른이 코를 납작하게 해 줄 수도 있을 텐데 말이다.

아쉽지만 이제 내일 아침이면 엄마와 함께 서울로 올라가야 한다. 재미있는 케이블 채널의 프로그램들과도 이별이다. 아쉬운 마음으로 리모컨을 누르자 색다른 풍경이 펼쳐졌다. 쇼 프로그램도 개그 프로그램도 아니었다. 눈부시게 하얀 옷과 각을 세운 높은 흰 모자를 쓴 요리사들이 군인들처럼 줄을 지어 서 있었다. 무슨 일일까? 동기는 텔레비전 앞으로 바짝 다가앉았다.

'누굴까? 저 멋진 요리사는?'

대 연회장에 나타난 미국 대통령은 요리사들 가운데 한사람에게로 가서 악수를 청했다. 그리고 이어 그에게 엄지손가락을 추켜세우고는 박수를 쳤다. 검은 머리를 뒤로 모아 질끈 묶은 동양인 남자는 머리 숙여 인사를 했다. 그는 연회의 요리를 맡은 수석 요리사였는데, 요리사의 이름은 모리모토였다. 이어 그의 이야기가 펼쳐졌다. 그는 아이언 셰프라는 요리 배틀 프로그램을 통해 세상에 알려진 퓨전 요리의 대가라고 했다. 카메라는 뉴욕에 있는 그의 식당으로 옮겨졌다. 수많은 할리우드 스타와 예술가들이 그의 식당에서 식사를 하고 인터뷰를 했다. 모두 '환상적이다!', '예술이다!', '최고!'라는 말로 그의 요리를 칭찬하고 있었다.

동기는 너무 놀라 입을 다물지 못했다.

"요리사가 저렇게 대단한 사람이야? 그런 거야?!"

장면이 바뀌고 모리모토가 요리를 하는 모습이 펼쳐졌다. 현란한 칼솜씨로 재료를 순식간에 자르고, 땀 흘리며 요리하고, 숨죽여 세팅했다. 모리모토의 열정적인 모습에 동기는 가슴이 두근거렸다.

'모리모토! 모리모토!'

동기는 감탄하며 주문처럼 계속해서 이름을 외웠다.

동기의 가출 사건은 외할머니 덕분에 '휴가 아닌 휴가'가 되어 무사히 잘 넘어가는 듯했다. 적어도 엄마에게는 그랬다. 하지만 아빠까지 눈감아 주실지……. 그럴 리가 없을 텐데. 이틀의 꿈같은 시간을 보내고 돌아온 서울 집에는 역시 아빠의 일장연설이 기다리고 있었다. 조회 시간 운동장에서 듣는 교장선생님의 길고 긴 훈화처럼 지루하고 뻔한 소리였다.

"그래서 너는 나가서 반성 좀 했어? 집 떠나니 고생이지?"

동기는 하마터면 피식 웃을 뻔했다. 외할머니 집에서의 그 달콤한 시간들이 그리워지면서 텔레비전에서 만난 요리사 모리모토가 눈앞에 어른거렸다.

"나동기! 세상 모든 일에는 다 때가 있는 법이다. 공부도 마찬가지다. 아빠는 일등, 최고를 원하는 게 아니야."

동기는 만날 똑같은 이야기를 늘 새로운 이야기처럼 진지하게 하시는 아빠가 신기할 따름이다. 이야기의 핵신은 일등은 바라지 않으나 공부는 잘해야 한다는 논리이다. 일등은 아니라도 공부는 잘해야 한다니 그게 그거 아닌가. 이등이나 삼등 하는 건 쉬운가. 얼마나 어려운데. 공부하라는 간단한 말을 어쩌면 이렇게 길고 길게 늘여서 하실까? 동기는 아빠의 대단한 기술이 항상 놀랍기만 하다.

오늘따라 아빠의 연설이 더 길다. 동기는 아빠와 눈을 마주치지 않으려 가능한 고개를 푹 숙였다. 깊이 반성하는 것처럼 보일 필요가 있기 때문이기도 하다.

'요리의 대가 모리모토는 이따위 잔소리는 듣지 않았을 텐데, 요리를 하면 공부 때문에 시달리는 일도 없을 텐데, 설마 요리사 되면 요리 안한다고 잔소리 하실까?'

"나동기! 고개 좀 들어 봐. 이제 내년 지나면 중학생인데 제대로 좀 해 보자."

아빠는 동기의 어깨를 툭툭 쳤다.

'이제 끝이 나는군!'

아빠 연설의 마지막은 늘 '제대로 하자.'라는 말로 끝을 맺는다. 집 가훈이 있다면 아마도 '제대로 하자.'일 거라고 동기는 생각했다.

"나가 봐라. 가서 방 정리도 좀 하고, 생각 정리도 해!"

아빠의 말씀이 끝나기가 무섭게 자리를 박차고 나왔다.

"방 정리부터 먼저 해! 귀신 나올까 무섭다."

할 말을 꾹꾹 참고 있던 엄마는 동기의 뒤통수를 향해 마무리 멘트를 날리신다.

'그럼 그렇지. 우리의 장승희 여사, 그냥 넘어가실 리가 없지. 마

무리는 하셔야지. 아아, 지겨운 아빠의 훈계와 엄마의 잔소리 이종 세트여.'

외할머니 집에 다녀온 이후 동기에게 작은 변화가 생겼다. 게임이나 만화보다 더 재미있는 일, 바로 요리사의 세계에 푹 빠진 것이다. 그래서 틈만 나면 세계적인 요리사들의 이야기를 찾아 열심히 마우스를 클릭하곤 했다.

'세계 최고의 호텔 버즈 알 아랍 호텔의 수석 주방장이 우리나라 사람이었다고?'

동기는 점점 요리사의 세계에 빠져들었다.

'요리사가 되면 요리만 잘 하면 될 거 아냐? 공부 따위 때문에 기죽지 않아도 되잖아. 저렇게 유명해지면 엄마, 아빠도 친구들도 바른이도 나를 무시하지 않겠지?'

이 얼마나 통쾌하고 신 나는 일인가! 동기는 갑자기 우쭐해졌다.

'꿀꿀한 동기 인생에도 서광이 비치는 거야? 그런 거야? 그래 모리모토!!'

외할머니 집에서 보았던 모리모토를 검색하자 관련 동영상이 떴다. 클릭하는 순간 동기는 할 말을 잃었다. 심장이 멎어 버리는 것만 같았다.

거대한 스튜디오에서 펼쳐지는 리얼 요리 배틀은 지금까지 보았던 어떤 스포츠 경기보다 더 흥미진진했다. 흰 모자와 긴 앞치마를 두른 세계 각국의 요리사들이 정해진 시간에 정해진 재료들을 가지고 숨 가쁘게 놀라운 요리를 만들어 냈다. 현란한 손놀림과 화려한 조명! 팽팽한 긴장감과 숨죽이는 긴박감! 동기는 벌어진 입을 다물 수가 없었다. 쿵쾅 쿵쾅 가슴이 뛰었다.

'정말 멋지다.'

동기는 화면 속 요리의 세계 속으로 빨려들었다.

'진짜 좋겠다! 나도 요리사나 되어 볼까?'

순간 엄마의 걱정스런 얼굴이 떠올랐고 긴 한숨이 터져 나왔다.

"후유, 엄마는 또 쓸데없는 소리하지 말고 공부나 열심히 하라고 하겠지."

요리에 대한 호기심이 커져만 가던 어느 날 동기는 기철이로부터 뜻밖의 소식을 듣게 되었다.

"바른이가 요리 배운데. 우리 동네 꽁지머리 아저씨 식당 있잖아, 거기서 배운대! 쟤는 못하는 게 없어."

바른이가 요리를 배운다는 소리에 동기의 가슴은 더욱 방망이질 치기 시작했다.

"요리라 그랬어? 정말이야? 왜? 언제부터?"

"글쎄, 나도 잘 모르지. 범생이께서 하시는 일을 어떻게 알겠냐. 어라 그런데 수상하다? 너 혹시 바른이한테 관심 있어? 좋아하는 거 아냐?"

"관심이라니! 절대 아니거든! 생뚱맞게 요리를 배운다니까 그러지."

동기는 어이없다고 펄쩍 뛰었지만 얼굴이 후끈 달아올랐다. 예리한 기철이 녀석에게 속마음을 들킬까 봐 고개 돌려 딴청을 피웠다. 뭐 전혀 근거 없는 이야기는 아니다. 아주 오래 전에 바른이를 좋아했던 적도 있었고, 유치원 다닐 때는 서로 친하게 지내면서 바른이를 줄줄 쫓아다닌 적도 있었으니까. 그러나 학년이 올라갈수록 점점 서로 다른 길을 가게 되었다. 5학년이 되자 바른이에게 말을 거는 일도 썩썩하고 불편한 일이 되어 버렸다. 바른이가 요리를 배운다는 사실에 동기는 적잖이 놀라고 당황했다. 자신만의 새로운 세계를 발견하여 좋아라 흥분하고 있던 참인데, 그 세계를 바른이도 알고 있다니. 뭔가 내 것을 도둑맞은 기분이었다.

"나도 요리 배울 건데!"

동기는 자신도 모르게 기철이를 향해 외쳤다.

"너두 요리를 배운다고?"

"으응, 나도 배우려고 그랬어."

바른이가 요리를 배운다는 소식은 동기의 마음을 풀무질했다. 요리를 하고 싶은 마음이 불끈불끈 솟아올랐다.

집으로 돌아온 동기는 가방을 멘 채 가쁜 숨을 몰아쉬며 엄마부터 찾았다.

"엄마, 나 요리 배울래. 요리 배울 거야!"

동기는 엄마의 뒤통수를 향해 외쳤다. 한시라도 빨리 자신의 새로운 계획을 엄마에게 알리고 싶었다.

"뭐라고?"

난데없는 폭탄선언에 엄마는 설거지를 멈추고 물 묻은 손을 닦았다.

"나 요리 배울 거라고!"

"그게 무슨 소리야? 진정하고 이리 와서 앉아 봐. 요리라고 했니?"

"응, 요리! 요리 배우고 싶단 말이야. 시켜 줘."

엄마는 할 말을 잊은 채 동기를 멍하니 바라보았다. 영락없이 장난감 사 달라고 떼쓰는 서너 살 아이이다.

"요리사가 그렇게 멋진 일인지 정말 몰랐어. 억대 연봉에, 유명한 사람들은 다 만나고, 또 공부 좀 못해도……."

엄마의 얼굴이 점점 일그러져 갔다.

"나동기! 오호라 요리는 공부 좀 못해도 괜찮을 거 같다 그거야? 고작 한다는 생각이……. 공부 피해갈 방법이나 찾고!"

"그게 아니야."

엄마는 동기의 말을 막았다.

"쓸데없는 소리 하지 마! 요리가 그렇게 쉬운 줄 알아. 네가 지금 부족한 공부가 얼마나 많니? 수학도 엉망이고, 영어도 해야 하잖아."

"공부하기 싫어서 그런 거 아니거든! 이번에 이한머니 대에 갔을 때 다큐멘터리 보면서 생각했단 말이야. 외할머니도 자기가 좋아하는 일을 해야 행복하다고 그러셨잖아."

"좋아하는 일만 하고 살 수 있어? 그리고 좋아하는 걸 하려면 공부를 해야지. 요리도 그렇게 쉽고 만만한 게 아니야."

공부 이야기에 동기는 슬쩍 꼬리를 내렸다.

"엄마! 생각해 봐. 내가 뭐 배우러 보내 달라고 한 적 있어? 처음이잖아. 나 진짜 배우고 싶단 말이야."

그러고 보니 정말 그랬다. 동기 스스로 뭘 배우겠다고 한 것은 처음이다. 더욱이 이토록 떼를 쓰며 하겠다고 한 적은 한 번도 없었다. 엄마는 동기를 빤히 쳐다보았다. 몸을 흔들어대면서 떼를 부렸다. 엄마의 마음속에 잔잔히 파문이 일었다. 동기가 뭔가 달라보였기 때문이다. 분명 게임시켜 달라고 떼 쓰던 동기와는 조금 달랐다. 그러나 섣불리 대답할 수 없는 일이었다. 아빠가 들으면 노발대발할 게 뻔한 일이기 때문이다.

"엄마, 시켜 줄 거지? 그치? 바른이는 벌써 배운단 말이야."

"바른이가 요리를 배운다고?"

바른이 이야기에 엄마는 눈을 반짝였다.

"그렇다니까! 큰길에 있는 식당 있잖아, 거기 다닌대!"

"진짜? 걔가 왜 요리를 배운다니?"

"나야 이유는 모르지. 아무튼 배운 지 한 2주 됐나 봐."

엄마는 머릿속이 복잡한 모양이었다.

"네가 그렇게 하고 싶다니까 일단 한번 생각해 보자."

눈치 백단 동기는 그 순간 흔들리는 엄마의 마음을 읽었다.

엄마는 동기의 요구를 절대 단호히 거절하지 못할 거라는 사실. 잔소리하고 태클을 걸긴 하지만 동기가 원하는 것을 잘라 버린 적이 한 번도 없었기에 엄마의 허락 따윈 시간 문제였다.

동기의 예상은 적중했다. 이틀 뒤, 엄마가 드디어 허락을 했다. 아마도 뒷조사를 끝낸 모양이다. 바른이 엄마도 만나고, 이것저것 알아보았을 것이다. 아빠한테 잘 이야기해 볼 테니까 아빠 기분 좀 잘 맞추고 이번 기회에 점수 좀 따 보자고 했다.

동기는 그날로 모범생 모드로 전환했다. 아빠 마음에 들기 위한 행동에 돌입한 것이다. 텔레비전 보는 시간과 게임하는 시간을 줄이고, 방 정리도 깔끔하게 했다. 그리고 무엇보다 아침에 알람 소리만으로 스스로 일어나는 기적 같은 행동을 보였다. 동기의 모범생 연기는 '연기 대상'감이었다.

하지만 요리사의 길은 결코 쉬운 일이 아니었다. 엄마아이 눈물 나는 합동 작전에도 불구하고 역시 아빠라는 산을 넘는 일은 만만치 않았다. 1차 시도에서 아빠의 대답은 예상대로 절대 반대였다. 동기는 무척 실망스러웠다. 하지만 이대로 물러설 수는 없었다. 벌써 요리를 하고 있는 바른이 생각을 하니 마음이 한없이 바쁘고 더욱 초조해졌다.

동기는 더욱 열심히 더욱 진짜 같이 모범생 연기에 돌입했다. 책상에 앉아 책과도 열심히 씨름했다. 아빠가 집에 있는 시간을 골라서.

며칠 후, 2차 시도에 돌입했다. 일찌감치 저녁을 먹고 엄마가 이야기를 꺼냈다.

"동기가 정말 요리가 배우고 싶은가 봐."

"또 그 얘기야?"

"배우게 해 주세요. 열심히 할게요."

"왜 갑자기 요리를 배우겠다는 거야? 대체 무슨 바람이 불어서 그래?"

"원래 요리하는 거 엄청 좋아했어요. 엄마가 사고 친다고 못하게 해서 안 한 거지. 그리고 얼마 전에 외할머니 댁에서 다큐멘터리를 봤는데, 거기에 나온 요리사가 정말 대단하더라구요. 공부는 잘 못하지만 저 요리는 잘할 수 있어요."

"대단해 보여서 요리사가 되겠다. 그래서 요리를 배우겠다?"

동기는 흘낏 아빠의 반응을 살폈다.

"네."

"너 내후년이면 이제 중학생인데 이렇게 중요한 시기에 해야 할 공부는 안하고 엉뚱하게 요리를 배우겠다고? 그리고 요리가 공부보다 쉬울 것 같니?"

또 공부 이야기다. 공부 이야기만 나오면 동기는 의기소침해진다.

"요리도 공부 이상으로 노력하고 훈련해야 해. 쓸데없는 데 신경쓰지 말고 공부나 열심히 해. 공부는 때를 놓치면 점점 더 하기 힘들어진다."

결국 한방에 거절이다. 이유는 공부였다. 와르르 기대가 무너지고 섭섭함과 억울함에 눈물이 쏟아질 것만 같다. 이를 악물고 눈물을 참으며 소리를 질렀다.

"또 공부 때문이야! 만날 공부, 공부. 공부 못하는 사람은 요리도 못 배우는 거야? 도대체 공부가 왜 그렇게 중요한 건데. 엄마는 대학까지 나와서두 ㄱ 공부 쓸데두 없잖아. 아빠두 대하에서 공부한 거랑 사회에서 쓰이는 공부는 다르다고 했잖아."

동기는 자리를 박차고 일어났다. 돌아서는 등 뒤로 엄마 아빠가 티격태격 말싸움하는 소리가 들려왔다. 하지만 엄마가 이길 것 같지 않다. 동기는 온몸에 기운이 쭉 빠져 버렸다. 공부하라는 한마디에 속수무책 아무것도 할 수 없는 자신의 처지가 한없이 처량했다. 눈물마저 핑 돌았다.

'또 공부야!'

공부를 왜 해야 하는지 동기는 그 이유를 모른다.

'엄마는 대학까지 나와서도 집에서 밥하고 청소하고 빨래만 하면서 살고, 아빠도 대학에서 공부한 거 사회 나와서 그다지 쓸모없다고 불평만 하서 놓고. 도대체 모르겠다. 그 쓰지도 않는 공부를 왜 잘해야 하는지 그 이유를 정말 모르겠다.'

책상에 고개를 묻고 있자니 눈물이 났다. 그대로 한참을 꺼이꺼이 울었다. 그 소리를 들었는지 얼마 후에 아빠가 동기를 불렀다.

동기는 눈물로 범벅이 된 얼굴을 손으로 대충 훔치고 아빠와 마주 앉았다.

"야, 남자 놈이 눈물이 왜 이리 많아?"

"아빠가 안 된다고 하니까 그렇지."

아빠가 조금 뜸을 들이더니 물었다.

"너, 요리가 그렇게 하고 싶니?"

"네."

동기가 여전히 울음 섞인 목소리로 대답했다.

"일주일에 두 번 수업이라고 했지. 그리고 엄마에게 들어 보니 그저 놀이 수준은 아니라던데, 힘들지 않겠니? 공부하기도 벅찬데.”

“아, 아뇨, 괜찮아요. 잘할 수 있어요. 바른이도 하는걸요.”

눈물범벅이 된 동기 얼굴에 급히 화색이 돌았다.

아빠는 한참 말이 없었다. 신중한 결정을 내릴 때면 아빠는 늘 이렇게 길고 긴 침묵의 시간을 지나곤 한다.

“바른이랑 요리를 배워도 좋아. 그 대신에 한 가지 약속을 하자. 성적이 떨어지거나 혹 학교 생활에 지장이 간다면 그때는 그만두는 걸로. 어때?”

“네, 아빠! 요리도 공부도 열심히 할게요.”

동기는 무조건 좋다고 했다. 아니, 정말 잘할 자신이 생기는 것 같았다.

괴상한 셰프

쥐구멍에도 볕들 날 있다더니 동기 인생에 서광이 비쳤다. 드디어 요리를 배우게 된 것이다. 첫 수업을 위해 꽁지머리 아저씨 식당 앞에 섰다. 길보다 몇 계단 내려가 푹 꺼진 곳에 위치한 개조된 주택이었다. 눈여겨보지 않으면 그냥 지나치기 쉬운 그런 곳이다. 해외 유학파 셰프의 식당이라고 해서 뭔가 세련되고 멋있을 거라 생각했는데 그건 아니었다.

외벽을 알록달록한 색깔의 타일과 거칠거칠한 원목 송판으로 어설프게 마감을 했고, 집 앞과 주변에는 화분이며 갖가지 엔틱 소품과 기념품들을 진열해 두었다. 주인아저씨가 외국에서 오랫동안 사 모은 물건들이란다. 한마디로 생뚱맞고 요상 야릇한 식당이다.

게다가 그 식당 주인으로 말하자면 더 야릇하다 못해 괴상하다. 덥수룩한 수염에 머리를 길러 질끈 묶은 데다가 깡말랐고 성격도 까칠해 보였다. 엄마는 이 아저씨를 '꽁지머리'라고 불렀다. 엄마와는 대학 동창으로, 대학을 졸업하고 돌연 요리를 배우겠다며 외국으로 떠났는데 최근 동기 때문에 다시 만났다. 그 후로 엄마는 아는 아줌마들과 가끔씩 이곳에 들러 커피도 마시고, 수다도 떠는 모양이다. 식당 내부는 밖에서 보는 것보다 컸고, 특히 주방이 넓었다.

"뭐 서로 아는 사이겠지만 인사해라."

"정바른 반갑다. 잘해 보자."

동기는 어색하고 쑥스러웠지만 용기를 내어 악수를 청했다.

"안녕!"

바른이는 눈도 마주치지 않은 채 형식적으로 인사했다. 동기는 거절당한 손을 비비적대며 거두었다.

'잘난 척하기는! 도도하신 정바른, 그 코를 납작하게 해 줄 테니 기다려라.'

동기는 마음을 다잡았다.

바른이는 학교에서 알아주는 대표 모범생이다. 얼굴도 예쁘고 공부까지 잘해서 그런지 선생님들의 기대와 관심을 듬뿍 받고 있다. 반 아이들도 만만히 대하지 못하고 인정해 주는 분위기다. 그래서일까? 늘 도도함과 자신감으로 꽉 차 있다. 머리를 꼿꼿이 쳐들고 코는 하늘을 향해 약간 치켜든 자세로 걷는다. 마치 깁스라도 한 것처럼. 옷은 어떤가! 은행원이나 스튜어디스처럼 늘 옅은 색 윗도리를 입는데, 단추는 하나도 빠짐없이 끝까지 채운다. 머리는 항상 귀밑 5센티미터. 뒤로 바짝 빗어 넘겨 핀으로 단단히 고정하여 넓고 짱구 같은 이마가 훤히 드러나 보인다. 한 가닥의 머리카락도 흘러내리는 법이 없다.

"우선 본격적인 수업에 들어가기 전 며칠 간은 자유롭게 체험하는 시간을 주겠다. 불 사용하는 것을 제외하고 마음껏 해 봐라."

"네."

마음대로 해 보라는 꽁지머리 사부의 말에 동기의 입이 헤벌어졌다.

동기가 요리 도구를 이것저것 들어 보고 만져 보고 하면서 수선을 부리자 바른이가 미간을 찌푸렸다.

"아, 잠깐! 바른이가 먼저 시작했으니 처음에는 바른이 하는 것 잘 보고 도움 받아 가면서 해 봐라."

"마음대로 해 보라면서요?"

"맘껏 하는데 그래도 아무렇게나 하라는 건 아니고."

꽁지머리 사부가 꼬리를 내렸다.

"오늘은 요리가 어떤 것이고 무엇인지 그 세계를 맛보는 거야. 우선 야채를 가지고 할 수 있는 것을 해 보자."

일명 몸 풀기 수업이다. 간단하게 칼 사용법과 기본적인 조리 도구 사용법을 알려 주신 후 꽁지머리 사부는 마음대로 해 보라고 했다.

"네에."

동기는 다시 큰 소리로 목청 높여 대답했다. 소리가 얼마나 큰지 식당 안에 가득 울려 퍼졌다. 조리대 가득한 오색의 야채들을 보자 동기는 흥분이 되었다. 공부처럼 기죽을 필요가 없다.

'그래, 오늘의 요리는 무지개 샐러드! 동기의 실력을 보여 주마!'

순식간에 메뉴를 결정하고 덥석 파프리카를 잡았다. 바른이는 그런 동기를 한심한 듯 눈을 내리깔고 쳐다보았다.

"쯧쯧쯧, 정말 못 말려. 나 참!"

"왜 그래?"

동기는 야채를 썰기 시작했다.

"너, 정말 왜 그런지 모르겠어? 넌 기본도 모르니? 손 씻었어? 그거 먹을 거 아니니?"

“어어, 맞다!”

허둥지둥 손을 씻고 앞치마에 쓰윽 문질렀다.

“아휴, 더러워. 넌 기본도 모르니? 정말 못 말려.”

양배추와 당근을 여러 모양으로 잘랐다.

“비트는 별 모양이 좋겠다. 호박도 넣어 색을 맞춰야지. 방울토마토는 반으로 자르고 키위도 넣고…….”

여러 가지 재료들을 세모, 네모, 별, 반원 등 갖가지 모양으로 잘라 커다란 접시에 담았다. 이렇게 많은 야채들을 한꺼번에 만져 보긴 처음이다. 한껏 들떠 콧노래까지 불렀다. 모든 야채를 여러 가지 모양으로 잘라 푸짐하게 담았다. 화려한 색 덕분에 그럴듯한 샐러드가 탄생했다.

“소녀시대처럼 화려하고 예쁘니까 이름을 본떠서 야채시대라고 지었어요.”

꽁지머리 사부도 나쁘지 않은지 껄껄껄 웃었다.

“일단 화려해서 보기는 좋군. 그런데 소스는? 어떤 소스를 쓸 건데?”

“마요네즈 케첩으로 준비했어요.”

“자, 그럼 이제 네가 먼저 맛을 봐.”

"허걱, 이걸 먹어요?"

먹어 보라는 꽁지머리 사부의 말에 동기는 화들짝 놀랐다. 자기가 실제로 먹어야 한다는 생각은 미처 하지 못했기 때문이다.

"그럼 먹지 않는 요리도 있니? 요리는 창조적인 작업이긴 하지만 만들기가 아니다. 공작이 아니란 말이다. 먹는 음식이라는 걸 가장 최우선적으로 생각해야지."

"넌, 호박도 날것으로 먹니? 후유, 정말."

바른이가 얄밉게 끼어들었다.

"음식을 만들었는데 먹을 수는 없다? 어디에 의미를 두고 만들었는지 생각해 봐. 먹을 수 없는 음식이라……."

동기는 고개를 푹 숙였다. 슬그머니 꽁지머리 사부의 눈치를 살폈다. 그런데 꽁지머리 사부의 얼굴이 화난 표정도 아니고 조금 웃는 것 같았다.

'그래 첫날인데 뭘, 첫날 치고는 그리 나쁘지 않았어.'

동기는 스스로를 위로했다.

"매일의 수업은 요리 노트를 쓰는 것으로 마무리 한다. 동기는 바른이에게 요리 노트 적는 법을 배우도록! 오늘 수업은 끝!"

"이야, 수업 끝났다."

신이 난 동기는 바른이에게 요리 노트 적는 법을 가르쳐 달라고 부탁했다. 그런데 바른이는 온몸으로 귀찮은 티를 내며, 마지못해 요리 노트 적는 법을 조금 알려 주었다.

"그러지 말고 네가 쓴 노트를 보여 줘."

한 번만 보여 달라고 부탁했지만 바른이는 끝끝내 보여 주지 않고 큰 인심 쓴다는 듯 몇 마디만 하고는 휘리릭 사라져 버렸다.

"좋아, 지금은 내가 부탁을 하는 형편이지만 이제 곧 나의 진가를 알게 되면 내 앞에서 꼼짝 못할걸!"

요리를 시작하고부터 동기는 부쩍 부지런해졌다.

학교 수업이 끝나면 부리나케 집으로 달려왔다. 그리고 엄마가 챙겨 놓은 준비물을 들고 후다닥 식당으로 달려갔다. 요리 수업이 없는 날은 학원에 가야 하니 이래저래 정신없이 바빠졌다. 그 바람에 늘 같이 어울려 다니며 방과 후에 학교 근처를 어슬렁거리던 기철이가 서운해 했다.

"나동기! 정바른 하고 다니더니 너 마마보이 되어 간다. 거기서 버벅대는 거 아니냐? 느낌 안 좋다."

"진짜 바빠. 좀 봐 주라. 요리사 되는 길이 쉬운 줄 아냐? 처음부

터 찍히면 안 되잖아. 초반에 실력을 보여 주고 기선을 제압해야
지. 조금만 기다려 형님 적응하실 때까지.”

“동기 너 제대로 하고는 있는 거야? 재밌냐?”

“그럼, 요리 짱 재밌어. 나 엄청 잘해! 내가 누구냐 요리 천재 아
니냐. 바른이가 공부는 좀 하는지 모르겠지만 요리는 영 아니더라.
내가 한수 가르쳐 주고 있지.”

“진짜? 그럴 리가 없는데.”

기철이가 아무래도 못 믿겠다는 표정이다. 동기는 손을 흔들어
보이고는 냅다 달렸다. 뒤로 기철이의 뼈 있는 충고가 확성기 소리
처럼 들려왔다.

“야! 너 덜렁대지 말고 잘해. 바른이한테 만날 당하지 말고.”

눈치가 백단인 기철이는 가끔 너무 진실만을 말해서 탈이다. 사
실 동기는 요즘 입문 수업이 끝나면서 요리에 대한 환상이 조금씩
깨어지고 있었다. 그래서 요 며칠 식당으로 가는 동기의 발걸음이
가볍지만은 않다. 지난 시간에도 꽁지머리 사부에게 칭찬 좀 받아
보려고 땀 뻘뻘 흘리며 컬러 수제비를 만들었다. 하지만 칭찬은커
녕 바른이 앞에서 언짢은 소리만 들었다. 기발한 아이디어나 엉뚱
한 생각만 가지고 요리를 할 수는 없다고! 요리는 장난이 아니라

고!

'아이디어도 놀이도 아니면 도대체 무엇으로 요리를 하란 말인가! 저 꽁지머리 사부가 원하는 것이 무엇일까? 어떤 걸 좋아하지?'

동기는 조금씩 머리가 아파지기 시작했다. 일주일째 야채와 요리 재료를 가지고 씨름하고 있는 바른이 눈치를 살폈다.

"야, 우리 사부님은 어떤 요리를 좋아하시냐?"

바른이는 '흥' 하며 코웃음을 쳤다.

"그게 왜 궁금한데, 너 할 일이나 하면 되지. 나도 몰라!"

그때 꽁지머리 사부가 동기를 불렀다.

'앗싸! 이제 나에게 기회를 주시려나 보다.' 생각하고 설레는 마음으로 달려갔다.

"나동기, 너도 이제 입문 수업을 마쳤으니 본격적인 수업에 들어간다. 오늘부터 주방 위생과 조리 도구 익히기다."

"네? 주방 위생이라면 청소 말이에요?"

주방 도구 익히기는 그렇다 치고, 주방 청소하는 것이 왜 수업인지 동기는 이해가 되지 않았다.

"요리는 불과 칼이라는 위험 요소들과 함께 하는 작업이다. 그래서 아주 철두철미하게 안전 문제에 신경을 써야 한다. 그리고 음식은 우리의 건강과 생명에 직접적으로 영향을 미치므로 위생 문제도 철저히 해야만 한다!”

꽁지머리 사부는 동기에게 책을 한 권 던져 주었다. 요리의 기본에 관한 것인데 재미없고 복잡한 내용들뿐이다. 재료 계량 법, 계량 단위, 불 사용법 등이 빼곡히 적혀 있고, 음식 만들기에 관한 것은 한 줄도 없었다.

“동기는 당분간 특별한 지시가 있을 때까지 주방 청소와 조리 도구 정리정돈, 그리고 도구들 익히는 것만 한다. 음식 만들기는 잊어라. 그 대신에 내가 요리할 때 주의 깊게 눈여겨보도록 해라.”

뽀로통해 있는 동기의 기분은 아랑곳하지 않고 꽁지머리 사부는 더 열을 올리는 이야기를 했다.

“바른이는 새 재료 익히기를 하고 있으니 바른이가 조리 도구 사용하는 것도 잘 보고 배워라.”

‘도대체 조리 도구 익히는 것이 뭐 그리 중요하다고 공부까지 하라는지.’

동기는 속으로 툴툴거렸다. 받은 책은 보는 둥 마는 둥 휘리릭 넘겨보곤 가방에 쓱 넣어 버렸다.

"아참! 그리고 가장 중요한 것, 칼과 불은 특별한 지시가 있을 때까지는 절대로 만지면 안 된다."

"네에."

도대체 요리를 하라는 건지 말라는 건지, 동기는 다 죽어가는 목소리로 간신히 대답을 했다.

결국 동기는 주방 청소와 설거지 담당이 되었다. 바른이가 음식 재료를 세팅하기 전에 조리대를 깨끗이 닦아 두어야 했다. 또 쓰레기통도 비워야 하고, 여러 가지 조리 도구들을 윤이 나게 닦아야 했다. 바른이는 시도 때도 없이 동기를 불러 댔고, 달려가 보면 그릇에 오물이 묻었느니 행주가 덜 말랐느니 조리대에 물기가 덜 닦아졌느니 시시콜콜 잔소리다. 동기는 바른이보다 늦게 이곳에 온 것이 후회스럽고 억울하기만 했다. 동기는 마음이 라면 냄비처럼 부글부글 끓어올라 견딜 수가 없었다.

'뭐라도 해서 인정받으면 아마 날 달리 보실 거야. 그럼 그땐 원하는 대로 할 수 있을지 몰라.'

동기는 주방 정리를 후다닥 마치고 바른이가 정리해 둔 당근을 하나 슬쩍 뺐다. 조리대에서 책을 보는 척 하면서 몰래 칼로 당근을 깎았다. 모양내는 건 집에서도 가끔 해 보았던지라 장미꽃을 조각하여 꽁지머리 사부와 바른이를 깜짝 놀라게 해 줄 작정이었다.

"오늘 수업은 이것으로……."

말을 시작하던 꽁지머리 사부가 동기 손에 들린 당근 꽃을 보고는 순간 얼음이 되어 버렸다.

"나동기, 너…… 말이지!"

'오호, 정말 놀라셨나 보네.'

동기는 다음에 이어질 감탄사를 기다렸다. 그러나 '쿵' 하고 뒤통수를 치는 둔탁한 소리와 함께 눈앞에 별이 번쩍였다. 머리에 꿀밤이 떨어졌다.

"네 죄는 네가 알렸다!"

"……"

키득키득 바른이의 웃음소리가 들렸고 얼굴은 사정없이 달아올랐다. 동기의 얼굴은 계란을 익히고도 남을 정도로 열이 올라 온통 빨개졌다.

"기본을 익히지 않고서는 요리는커녕 무 하나도 못 만지게 될 테니까 그리 알아라. 어디서 본 거는 있어서. 흉내만 낸다고 요리가 되고 요리사가 되는 줄 알아? 이제부터는 시키는 일만 하도록 해!"

화가 난 꽁지머리 사부는 어디선가 콩 한 사발을 가져오더니 젓가락과 함께 동기에게 건네주었다.

"지금부터 이 콩 한 사발을 다른 사발로 옮기고 다시 그 다음 사발로 옮겨라. 다음 시간에도 몸 풀기로 수업 시작하기 전에 세 번씩 한다. 너에게는 인내력 향상을 위한 훈련이 필요하다. 복근 운동하듯이 콩알 옮기기 훈련을 실시하겠다."

콩알을 젓가락으로 집는 일은 만만치 않았다. 콩알들은 동기를 비웃기라도 하듯 이리저리 굴러다녔다.

'도대체 이딴 걸 왜 시키는 거야? 내가 요리하러 왔지 애들 장난하러 왔냐고!'

가슴이 답답했다. 얼굴은 화끈거리고 손에는 땀이 배어 나왔다. 머릿속은 터져버릴 것만 같았다.

'참아야 하느니라, 참아야 하느니라.'

동기는 마음속으로 주문을 외면서 콩알을 옮기고 또 옮겼다.

즐겁기만 할 것 같았던 요리 수업은 번번이 실망을 안겨 주었다.

누구한테 하소연도 못하고 꿀꿀한 마음을 꾹꾹 누르며 집으로 돌아와야만 했다. 그럴 때면 동기는 혼자 있고 싶었다. 그런데 절대 그럴 수 없는 곳이 바로 집이 아니던가. 또 다른 강적, 엄마가

떡하니 기다리고 있다. 사춘기를 맞이한 소년에게 사생활이 없다
는 건 정말 괴로운 현실이다.

"수업 어땠어? 재밌었어? 할 만하디? 오늘은 뭐 만들었어?"

엄마가 캐물었다.

"……."

'뭘 만들었냐고? 만들기는커녕 음식 구경도 못했다면 어쩌시려
고요.'

하고 싶은 말이 많고 많지만 내색할 수가 없었다. 만약 사실대로
말한다면 엄마가 기절하실 거니까.

"무슨 안 좋은 일 있었어? 또 혼났니?"

"엄마는 무슨 말이 그래! 나는 늘 혼만 나는 사람이야?"

"아니 기분이 별로 좋지 않은 거 같아서 그러지."

"난 만날 좋기만 해야 돼. 내가 개그맨이야!"

동기는 버럭 소리를 질렀다.

'재가 또 왜 저래?'

엄마는 당황한 듯 머뭇거렸다.

"아니야 그냥 피곤해서 그래. 아무 일 없으니까 그냥 냅 둬."

제 방으로 들어가던 동기는 문득 엄마가 꽁지머리 사부에게 전

화라도 걸까 봐 덜컥 겁이 났다.

"안하던 걸 하니까 당연히 힘들지. 요리가 얼마나 힘든데."

"그렇긴 하겠지. 일주일에 두 번, 두 시간씩 꼬박 하려면 힘들겠지. 그러니까 세상에 쉬운 일이 어디 있니."

엄마는 일단 마음을 놓는 듯했다. 화제를 다른 곳으로 돌려놓았다 싶은 동기는 안도의 숨을 내쉬었다.

그런데 느닷없이 엄마가 바른이 이야기를 꺼냈다.

"바른이는 참 꼼꼼한 모양이더라. 어쩜 그렇게 철두철미하니. 공부만 잘하는 줄 알았더니……."

동기는 깜짝 놀랐다.

"혹시 엄마 꽁지머리 사부 식당에 갔었어?"

"으음, 가끔 가잖아. 커피 마시러."

"바른이가 철두철미하게 군다고 누가 그래? 꽁지머리 사부가 그래? 가서 무슨 말 했어? 또 내 얘기 꼬치꼬치 물어 봤구나."

"왜 이렇게 발끈 해. 너 뭐 잘못한 거 있니?"

"엄마, 왜 말을 돌려. 내가 묻는 말에 대답은 안 하고. 그런데 거길 왜 그렇게 자주 가냐고."

"그럼 애를 맡겨 놓고 모른 척 하니? 잘 적응하고 있는지. 어떻게 도와줘야 하는지 살펴야지.”

“그게 돕는 거야? 감시하는 거지. 또 무슨 사고를 치는지. 땡땡이는 안 치는지. 대충 하는 건 아닌지. 그런 거 아냐? 누가 모를 줄 알고.”

동기는 참아 보려 했지만 생각할수록 참을 수가 없었다. 엄마는 동기가 학교에 간 사이에 수시로 꽁지머리 사부에게 드나들고 있었다.

“엄마가 그러니까 기철이도 나보고 마마보이라고 한단 말이야. 아들이 마마보이 소리 들어도 괜찮단 말이지. 하긴 그게 엄마한테 뭐가 중요하겠어. 그저 성적이나 잘 받아 오면 되는 거겠지.”

그제야 너무했다 싶었는지 엄마는 수습에 나섰다.

“그만 하자. 사실 엄마도 궁금하잖니. 뭘 배우는지, 어떻게 하고 있는지. 또 뭐 필요한 건 없는지. 그게 엄마 일 아니겠니.”

“알았어. 앞으로 필요한 거 있으면 내가 말할 테니까. 시시콜콜 간섭하고 캐묻지 마. 나 기분 나쁘니까. 감시당하는 거 같단 말이야.”

방에 들어와서도 동기는 영 찜찜한 기분을 떨쳐내기 어려웠다.

‘설마 꽁지머리 사부가 내가 요리 수업에서 허접한 일만 하고 있

다는 걸 시시콜콜 말하지는 않았겠지?'

동기는 그것만은 절대 집에 알리고 싶지 않았다.

여전히 허드렛일이나 해야 하는 별 볼 일 없는 어느 날이었다.

능장을 부리던 동기가 어슬렁거리며 꽁지네 식당에 들어섰을 때, 이미 일어나지 말아야 할 일이 벌어지고 있었다. 조금 늦은 동기가 허둥대며 앞치마를 걸치고 막 손을 씻으려는데 바른이가 혀를 차며 말했다.

"너 혼나는 것만으로 부족해서 너희 엄마도 혼나시게 하니?"

"무슨 말이야?"

"지금 저 안쪽 사무실에서 너희 엄마 너 때문에 사부님한테 혼나고 계셔. 안 들리니?"

숨을 죽이자 엄마의 꽁지미리 사부의 목소리가 들려왔다. 그냥 수다 떠는 소리는 아닌 듯했다.

"그래 설거지 시킨다. 애를 보냈으면 믿고 맡겨 봐라. 자식 교육에 목숨 걸었냐? 왜 그렇게들 극성이야. 그만 좀 해라."

티격태격 두 사람이 주고받는 말소리가 예사롭지 않았다. 선명하게 들리지는 않지만 좋은 일은 아닌 게 분명했다.

지난번 엄마와 말다툼 할 때 식당에 절대 오지 말라고 아예 쐐기를 박았어야 했다. 기회를 보다가 어영부영 시간만 보내고 결국 이 지경이 되었다. 하지만 이미 늦어 버린 일이었다. 동기는 엿들어야 하나 아니면 모른 척 다른 일을 해야 하나 망설였다. 시간이 지날수록 엄마의 목소리는 줄어들고 꽁지머리 사부의 목소리만 들린다. 바른이 말대로 엄마가 야단을 맞는 것도 같았다.

바른이를 쳐다보니 도도한 얼굴로 아무 일 없다는 듯 자신의 일을 하고 있었다.

'그래, 이럴 땐 열심히 할 일이나 해야지. 그게 최선이야.'

동기는 행주를 빨아 주방 조리대를 열심히 닦았다. 닦고 또 닦았다. 반짝반짝 빛이 나도록. 바로 그때, 내실의 문이 열리는 소리가 나더니 꽁지머리 사부와 엄마가 함께 나왔다. 아, 그때 고개를 들지 말았어야 했는데, 동기는 반사적으로 고개를 들었고 엄마와 눈이 딱 마주쳤다. 엄마는 빤히 쳐다보며 아무 말도 하지 않았다. 하지만 심상치 않은 눈빛이 무얼 말하는지 동기는 충분히 짐작할 수 있었다. 쥐구멍이 있으면 들어가고 싶은 심정이었다.

'요리사 되겠다고 큰소리 땅땅 쳐놓고는 야단만 맞고 청소에 걸레질이나 하다니!'

그 일이 있은 후 동기는 엄마에게 약점을 잡힌 꼴이 되었다. 이제 요리 잘한다고 허세를 부리지도 못하고, 요리 핑계대고 공부 땡땡이도 못 친다. 요리로 자존심을 좀 세워 보려 했지만 허사가 되고 말았다. 그런 탓인지 날이 갈수록 엄마는 잔소리의 수위를 높여 갔다. 요리도 제대로 못하고 공부는 공부대로 더 안 한다고 성화다. 그러자니 요리 수업에 가도 신이 날 리가 없다. 동기는 꽁지머리 사부가 다른 과제를 내주기만 기다렸다.

바른이만 다음 단계로 진도를 나가고 있었다. 요리에 필요한 재료들을 준비하고 씻어서 챙기는 일을 맡은 것이다. 여전히 청소하고 설거지 하고 그릇이나 챙기는 동기에겐 너무나 부러운 일이었다.

"바른아! 양파 세 개, 브로콜리 한 송이, 청 피망 1개, 홍 피망 1개. 모두 씻어서 물기 잘 빼 두고, 닭 가슴살 레몬즙에 재워 둬라."

"닭 가슴살은 얼마나 준비할까요?"

"400그램! 전자레인지에 해동하지 말고 자연 해동해야 한다."

"네!"

두 사람의 대화를 듣고 있자니 동기는 자신의 신세가 더 처량해졌다. 도대체 뭐 하는 일인지 모르겠다는 생각이 자꾸 들었다.

"동기는 팬이랑 도마랑 마른 행주로 다 닦아 뒀지?"

"네!"

'도대체 바른이가 나보다 뭐가 더 낫길래 쟤는 재료를 만지게 하고 나는 만날 설거지만 시키냐고!'

불만이 가득 차올랐다. 아무리 생각해도 그래야만 하는 이유를 모르겠다.

"나동기, 너 사부님 말씀 못 들었어. 이 팬은 물기 있는 채로 보관하면 녹 쓴단 말이야. 이 물 좀 봐. 이게 뭐니?"

"정바른, 너 그만 좀 해라. 좀 심하다!"

화가 나는 것을 참느라 이를 악물었다.

"바른이 말이 맞다. 그거 무쇠 팬이라 물기와는 상극이다. 아주 잘 건조시켜야 해. 아니면 녹 쓸어서 못 쓰게 되지. 그건 잘 닦아 두고 28센티 테프론 볶음 팬 꺼내와 봐."

"네? 28센티요? 프라이팬을 자로 재요?"

"아직 팬 사이즈 못 익혔어?"

"알려 주지 않으셨는데요."

"그걸 누가 알려 주니 임마! 책도 주고 시간도 주고 그때 그런 거 익히라고 하는 거지."

들고 있던 바른이가 혀를 쏙 내밀어 보였다.

'어휴 저 계집애. 어디 두고 보자! 아아 나동기, 이 찌질함의 끝은 어디냐. 싫다 싫어.'

오늘도 역시 아무런 진전 없이 조수 노릇만 하고 심부름만 하다가 하루를 다 보냈다. 어둠이 깔린 거리로 나왔다. 바른이는 고개를 추켜들고 앞서 갔다.

'뭐 하나 뜻대로 되는 일이 없네. 바른이 저 높은 코를 어떻게 하면 납작하게 해 주지? 꽁지머리 사부에게 인정받을 길이 뭐 없을까?'

이런 생각을 하다 보니 갑자기 우울한 생각이 들었다. 세계적인 요리사를 꿈꾸며 거창하게 요리를 하겠다고 기철이한테도 집에도 큰소리 뻥뻥 쳤다. 하지만 정작 현실은 서글프기만 하다. 한숨을 쉬며 아파트 입구에 들어서는데 퇴근하는 아빠를 만났다.

"요리 수업하고 오는 거야? 어때 할 만하니?"

"후유."

동기는 딱히 할 말이 없었다.

"땅 꺼지겠네. 왜? 무슨 일 있어?"

"아빠, 공부 잘하는 사람은 어딜 가도 대접 받고, 공부 못하는 사람은 찬밥 신세가 되어야 하는 거야?”

“너, 속상한 일 있구나!”

“나, 엄청 억울해. 사부님이 바른이만 예뻐하고 인정해 주고, 나는 만날 설거지만 시켜.”

동기는 자신도 모르게 비밀을 발설하고 말았다. 주워 담을 수도 없고 난감했다.

“기본을 익혀야 된다고 만날 설거지 하고 청소하고 그릇 정리만 시킨다고.”

“위생 관념이나 도구 다루는 법을 알아야 요리를 할 수 있는 거 아니야? 영화나 소설 보면 몇 년 동안 마당만 쓸고, 조수 노릇 몇 년 만에 겨우 칼 한 번 잡아 보고 그러잖아. 허허허.”

“그건 영화니까 그렇지. 바른이는 사부님 도와서 재료 준비도 하고 그런단 말이야. 그런데 나한텐 주방 청소랑 설거지만 시킨다고. 이렇게 해서 언제 요리를 배우냐고.”

“다 뜻이 있어서 그러시는 거야. 때가 되면 시켜 주시겠지. 어서 들어가자. 늦었다.”

동기에게 위로의 말을 건네는 아빠 역시 기분이 언짢은 모양이었다. 현관문을 열고 두 사람이 들어서자 엄마가 환한 표정으로 반졌다.

"두 부자가 어떻게 나란히 들어오세요? 어디서 만났어?"

엄마의 환대가 무색하게도 두 사람은 고개만 끄덕이고 묵묵부답 각자의 방으로 들어갔다. 썰렁해진 분위기에 엄마는 고개를 갸웃하고는 서둘러 주방으로 가서 저녁 준비를 했다.

평소보다 일찍 저녁을 먹기 위해 식탁에 둘러앉은 세 식구. 동기는 어깨가 축 쳐져 기운이 하나도 없고, 아빠도 기분이 상했는지 아무 말이 없었다. 그런데 어찐 일인지 엄마는 기분이 아주 좋아 보였다. 저녁을 차리면서도 연신 입가에 웃음이 떠나질 않았다. 그러고 보니 엄마가 요즘 달라지긴 했었다.

아마 꽁지머리 사부에게 혼이 난 그 다음부터였을 것이다. 엄마의 식당 출입은 확실히 눈에 띄게 줄었다. 그 후로 엄마는 집에 있는 시간이 더 많아졌고 무슨 일을 하는지 컴퓨터 앞에서 대부분 시간을 보냈다. 무슨 일인지 물어 보면 그냥 무심히 웃어 보이곤 했다. 컴퓨터 키보드 치는 소리가 들리는 걸로 보아 아마도 뭔가 글을 쓰는 듯했다.

동기는 외할머니의 말씀처럼 엄마에게도 가슴 뛰는 일이 생기면 좋겠다고 생각했다. 엄마가 좋아하는 일을 하고, 그래서 행복해지면 좋을 것 같았다.

"여보, 내가 쓴 글이 포털 사이트 메인에 떴어. 나 요즘 블로그에 가끔 글 쓰잖아. 그런데 그 글이 인기 검색어에 올라 있지 뭐야. 게다가 댓글이 엄청 많이 달렸더라고."

엄마는 좋은 기분을 감추지 못했다.

"우아, 엄마 정말이야? 축하해."

'인기 검색어까지? 진짜 대단하다. 엄마는 정말 좋겠다'.

동기는 엄마가 정말 대단하다는 생각이 들었다.

"친구들한테 자랑해야지. 그럼 엄마 이제 작가 되는 거야?"

"작가는 무슨? 그건 나중에."

"그럼 바빠지겠네?"

동기는 자기에게 좋은 일이 생긴 양 들떠서 좋아했다. 엄마가 이렇게 좋아하는 걸 보니 동기는 괜히 미안한 마음까지 들었다.

"그게 뭐 그렇게 자랑할 일이야?"

찬물을 한바가지 부은 듯 갑자기 분위기가 썰렁해졌다. 동기와는 달리 아빠의 반응은 냉정하다 못해 씨늘했다. 그러한 반응에 동기도 엄마도 놀랐다.

아빠의 그 한 마디로 삽시간에 공기가 얼어붙었다. 심상치 않은 분위기에 동기는 공부하겠다고 방으로 들어와 버렸다. 잠시 후 엄마 아빠의 말다툼 소리가 들렸다.

'아아, 인생 참 고달프다. 축하할 일인데 아빠는 왜 기분이 상하신 걸까?'

집안 분위기가 좋지 않을 땐 동기도 조심해야 한다. 그렇지 않으면 불씨가 자기 쪽으로 튈 수 있으므로 동기는 알아서 책상에 앉았다. 싫지만 수학 문제집을 폈다. 머리가 지근지근 아파왔다.

'그래, 조금 전에 밥을 먹어서 그럴 거야. 우선 소화를 좀 시켜야 하니까 잠깐만 쉬자.'

동기는 침대 밑에 숨겨둔 요리 만화책을 들고 침대에 벌렁 누웠다. 밤늦도록 옥신각신 다투는 소리가 들려왔고, 동기는 독서 삼매경에 푸욱 빠졌다.

드디어, 마침내, 나동기! 요리의 길로 들어서다.

가슴 떨리는 첫 수업!! 빵빠라 빵〜

바른이와 함께 주방에 서다! 좋아, 좋아〜

요리는 즐거워.

나동기 셰프님, 소감을 맛으로 표현한다면?

첫 맛은 새콤, 끝 맛은 쌉싸래한 유자나 자몽 같은 맛!

재미있는 요리를 시작하여 상큼 새콤 군침이 돌지만, 바른이의

냉대가 좀 쌉싸래합니다요. 하지만 상관없어. 요리의 진수를

보여 줄 거야. 공부로는 인정받지 못했지만, 이제 곧 정바른

너도 나를 인정하게 될 거야!

오늘의 메뉴 야채시대

소녀시대의 오색찬란한 바지 패션에서 아이디어를 얻음.

야채 싫어하는 아이들에게 야채를 좋아하게끔 만들어 주자.

뭐, 이런 취지!

재료 세 가지 색의 파프리카, 오이, 피망, 비트, 양배추, 양상치,

깻잎, 호박, 브로콜리, 방울토마토 등등 이름 모를 야채들

양 적당히!

조리 방법 야채를 깨끗이 씻는다. 여러 가지 모양으로 자른다.

소스 마요네즈 케첩

😊 사부님 말씀!

요리는 소꿉장난도 공작도 아니다. 음식이다. 당연한 말씀!

'야채시대' 너는 누구냐? 작품이냐? 음식이냐? 먹기 위함인가?

보이기 위함인가?

만화책 사건

요리 수업을 시작한 지 한 달이 넘었지만 별로 달라진 것은 없었다. 동기에게 지난 한 달은 기대를 하나하나 내려놓는 시간이었고, 부풀었던 가슴에 구멍을 내서 조금씩 바람을 빼는 과정이었다. 정말 서글픈 일이었다. 오늘도 지루한 콩알 옮기기와 주방 정리를 할 생각을 하니 한숨이 저절로 나왔다. 동기는 심드렁한 마음으로 앞치마를 둘렀다.

"지난 시간에 여러분이 제출한 메뉴 기억나나?"

꽁지머리 사부가 잔뜩 뜸을 들이며 말을 시작했다.

"오늘은 그 메뉴를 실제로 요리하는 시간을 가져 보겠다."

"앗싸!"

동기는 두 주먹을 불끈 쥐며 좋아했다.

'그래 고생 끝에 낙이라고. 드디어 이제 나도 칼을 잡아 보는구나.'

동기는 갑자기 힘이 솟았다. 지난 시간에 숙제로 메뉴를 만들면서도 그걸 요리로 직접 만들게 될 줄은 몰랐다. 바른이는 한심한 듯 그런 동기를 바라보았다.

"자, 우리가 만들 메뉴는 치즈카나페인데……."

'그건 내가 제출한 메뉴가 아닌데…….'

동기는 주저하지 않고 바로 꽁지머리 사부에게 질문을 날렸다.

"제가 낸 메뉴는요? 저는 제 것 만들어요?"

"잠깐! 나동기, 숙제 낼 때 내가 뭐라고 했니? 첫 번째 조건이 뭐였는지 생각나니?"

"글쎄요. 뭐라 하셨는데요?"

"불을 사용하지 않는 비가열 요리였어요."

바른이가 끼어들었다.

"그렇지. 그런데 동기가 제출한 메뉴는 뭐였니?"

"옥수수와 오믈렛을 얹은……."

"분명히 비가열 메뉴여야 한다고 했을 텐데! 동기의 메뉴는 규칙

위반이다.”

“하지만 오믈렛만 잠깐 익히는 건데, 너무해요.”

동기는 울상이 되었다. 후회해도 소용이 없다.

“다시 한 번 말하지만 규칙과 약속은 반드시 지켜야 한다. 그것이 최우선이다. 요리는 장난이 아니라고 했지? 요리는 창조적인 작품이다.”

꽁지머리 사부의 연설이 시작되었다.

‘아, 잔소리까지 들어야 하다니.’

그래도 동기는 열심히 듣는 척을 했다. 혹시 이번 한 번만은 봐줄지도 모른다는 바람을 놓지 않고서…….

“창조적이란 말이 규칙을 무시하고 마음대로 한다는 것을 의미하는 것은 아니다. 규칙과 원칙을 완전히 몸에 익혀야 자유로운 창조적 작업이 가능하다. 원칙을 완전히 습득해야 원칙을 깨트릴 수 있는 법이지.”

꽁지머리 사부의 단호함 앞에 동기는 할 말을 잃었다. 고개를 끄덕이기는 하지만 도대체 귀에 들어오지 않았다. 단지 자신의 메뉴가 거절당한 사실이 섭섭할 뿐이다.

“유명한 바이올리니스트가 길고도 지루한 훈련을 거쳐야만 자유로운 연주를 할 수 있는 것과 같다. 기본기를 익히지 않고 훌륭한 연주를 할 수 있겠니? 자유로운 연주가 가능할 것 같아?"

동기는 힐끔힐끔 바른이 눈치를 보며 내심 꽁지머리 사부의 다음 심판을 기다렸다. 메뉴가 너무 훌륭하니까 오늘만은 봐 준다는 그런 기적을 기다리고 있었다.

"그리고 동기의 메뉴 재료는 크래커가 감당하기에 너무 많고 너무 무거운 재료인 것 같지 않니? 카나페 만들라고 했더니 햄버거를 만드셨네. 게다가 그대로 하면 수분이 많아 카나페 특유의 파삭함을 살릴 수가 없어."

꽁지머리 사부의 설명을 듣고 있던 바른이가 끽끽대며 웃었다.

얼마나 기대를 하며 신이 나서 고안한 메뉴였던가! 옥수수와 오믈렛을 얹은 불고기 카나페였다. 숙제를 하면서도 그 맛이 궁금해서 견딜 수가 없었다. 얼른 수업 시간이 되어서 한번 만들어 보고 싶었다. 이번에는 반드시 꽁지머리 사부에게 인정받을 수 있으리라 생각했는데 기대는 여지없이 와르르 무너졌다.

"오늘은 바른이의 레시피를 만들어 보도록 하겠다. 너무 교과서적이긴 하지만 그래도 기본을 익히는 차원에서 해 보기로 한다."

꽁지머리 사부의 말이 끝나기 무섭게 바른이가 동기를 불렀다.

“나동기, 오이, 당근, 방울토마토 좀 준비해 줘!”

이제는 당당하게 공공연히 동기에게 지시하는 바른이가 때려 주고 싶도록 미웠다.

“나동기! 소금으로 씻어야지!”

바른이가 소리쳤다.

“그렇잖아도 뿌리려고 했거든. 잔소리 대박이다.”

동기는 소금을 뿌려 오이를 더 박박 문질렀다. 얼마나 세게 씻었는지 오이가 뚝 부러져 개수대에 내동댕이쳐졌다.

‘어떻게 해서든지 저 왕재수를 이겨야 해! 내가 얼마나 잘하는지를 보여 줘야 해!’

당장이라도 다 던져 버리고 뛰쳐나가고 싶었지만 그럴 수가 없었다.

동기는 대단한 셰프라도 된 양, 우쭐대는 바른이가 정말 꼴 보기 싫었다. 씻은 야채를 어떻게 해야 하는지 물어 보는 것도 자존심이 상했다. 도저히 입이 떨어지지 않았다.

‘카나페에 올릴 거니까 예쁘게 썰면 되겠지 뭐. 그냥 대충 내 맘대로 해야지.’

오이와 당근을 세모, 네모, 별 등 여러 가지 모양으로 잘라 접시에 보기 좋게 담았다. 모양 내는 일에는 자신이 있기 때문에 나름 자랑스러웠다.

"이게 뭐야?"

"뭐긴 뭐야. 카나페에 올릴 야채지. 내가 썰었다. 왜?"

"시키지도 않은 일을 왜 해? 이거 아주 잘게 채 썰 거란 말이야. 너, 레시피 정리한 거 안 읽었지? 정말 한심해서 같이 일 못하겠어. 이 야채를 어떡하니!"

바른이가 호들갑을 떨었다.

"무슨 일이니?"

꽁지머리 사부가 나섰다.

"야채를 이렇게 몽둥이 만하게 썰었어요. 동기가 메뉴 검토를 안 했나 봐요. 야채를 아주 작게 채를 썰어 올리는 것이 핵심이잖아요. 야채를 씹기 싫어하는 아이들을 위해서 만든 메뉴거든요."

"동기는 만들기 전에 레시피 확인 안 했니? 충분히 읽어 보지 않았냐고?"

꽁지머리 사부는 바른이의 리포트를 동기 앞에 내밀며 다그쳤다.

"네에."

동기는 고개를 푹 숙였다.

"요리를 하기 전에 레시피를 완전히 익혀야 하고, 설사 완전히 익혔다고 해도 옆에 두고 수시로 체크해 가면서 해야 실수가 없는 거야. 대충 아이디어 내서 대충 메모하고 비슷하게 만들면 그만이라고 생각한다면 아예 요리할 생각 마라. 요리를 의욕만 가지고 할 수는 없다!"

꽁지머리 사부는 오이와 당근을 0.5센티미터 길이로 가늘게 채를 썰었다. 사부의 칼솜씨는 놀라웠다. 어찌나 정교하고 정확한지 썰어 놓은 야채의 길이가 한 치의 오차도 없어 보였다. 동기는 저절로 머리가 숙여졌다.

"이 요리는 야채를 익히지 않고 생으로 사용하는 것이므로 자칫하면 딱딱하고 거부감을 줄 수가 있어. 그래서 아주 가늘고 작게 썰어 식감을 좋게 하고, 생야채에 대한 부담을 없애 주는 거야. 동기가 썬 야채를 사용한다면 어떨 것 같은지 이야기해 보자."

"치즈는 부드러운데 야채는 딱딱해서 잘 어울릴 것 같지 않아요. 생뚱맞아요. 누구처럼."

바른이는 킥킥대며 웃었다. 동기는 주눅이 들어 아무 말도 못한 채 고개를 떨구었다.

꽁지머리 사부는 순식간에 요리를 완성했다. 파삭파삭한 크래커에 치즈를 올려놓고 거기에 갖가지 색의 야채를 가늘게 채 쳐서 소복이 올려놓았다. 그리고 마지막에 방울토마토로 위를 장식했다. 동기가 대충 상상했던 요리와는 차원이 달랐다. 이름 모를 들꽃들이 핀 작은 정원 같았다. 초록색 접시에 가지런히 담아 브라운색 테이블에 세팅했다.

"자, 이제 이 메뉴에 생명을 불어넣어야지. 이름을 지어 보자!"

꽁지머리 사부가 요리를 바라보며 진지하게 말했다.

"오이와 당근을 곁들인 치즈 카나페!"

바른이가 대답했다.

"그건 너무 평범한데?"

동기는 섬세하게 다진 여러 가지 색의 야채가 보석을 떠올리게 한다며 보석 카나페라 이름을 붙였다.

"으음, 좀 나은데! 이걸 보면 뭐가 연상이 되니?"

꽁지머리 사부는 고개를 갸우뚱거리며 동기를 뚫어져라 쳐다보았다.

"보석 같기도 하고 아주 멀리서 본 놀이동산의 정원 같아요."

동기는 조심스럽게 말했다.

"그래! 정원, '꽃밭에서'라고 하면 어때?"

꽁지머리 사부 얼굴에 화색이 돌았다. 동기에게 엄지를 추켜세우며 제법이라는 표정을 지었다.

"네! 좋아요. 아주 좋아요."

동기는 신이 나서 소리쳤고 바른이는 입을 샐쭉거렸다. 동기는 꽁지머리 사부에게 인정을 받았다는 생각에 기분이 좋아졌다.

점심시간, 번갯불에 콩 볶듯 밥을 먹어치운 대여섯 명의 아이들이 교실 뒤편 양지바른 창가에 우르르 모여 앉았다. 그 속에서 동기는 아이들의 시선을 한 몸에 받으며 요리에 대해 떠들고 있었다. 벌써 며칠째 갖가지 요리 만화들이 돌고, 요리에 대한 동기의 영웅담이 펼쳐졌다. 심지어는 요리를 배우고 싶다고 나서는 아이들까지 있었다.

"요리사들 수입이 얼마인지 알아? 수십 억이래. 셰프 모리모토는 퓨전 요리를 처음 창시한 사람인데, 뉴욕에 있는 그 사람 식당에는 베컴도 오고 할리우드 스타들이 드나든데. 요리사들 너무 멋있지 않냐? 니들 나중에 나동기 만나기 힘들어질지도 몰라. 히히."

"우아, 멋지다!! 인생 그렇게 한번 멋지게 살아 봐야 되는데. 공부도 그렇고 그런데, 나도 요리나 배워 볼까?"

공부만 하니?
아니면 돼
신난다 요리백과
만화 요리왕
만화로 보는 요리 조리
요리
초밥왕
미친 요리사

영수가 호기심을 보였다. 아이들은 모두 공부하는 것보다는 요리가 훨씬 쉽고 재미있을 거라고 장단을 맞췄다.

"요즘은 아트가 대세인데 요리도 아트라고. 푸드 아티스트라는 것도 있어."

기철이가 거들었다.

"셰프도 좋고 아트도 좋아, 공부만 아니면 돼."

동기는 더욱 우쭐해져서 떠들어댔다.

그때 교실 문이 열리고 한 무리의 여자아이들이 재잘대며 들어왔다. 바른이도 끼어 있었다. 동기는 갑자기 목소리가 작아지더니 스르르 말문이 막혀 버렸다. 혹시 바른이가 자신이 정신없이 떠벌리는 소리를 듣지는 않았을까 얼른 화제를 돌렸다.

"초밥왕 볼 사람? 내가 가져왔어."

가방을 열자 만화책이 가득했다. 아이들은 만화책을 서로 보겠다며 아우성을 쳤다.

"야! 종 친다. 들키지 않게 잘들 챙겨. 알았지? 들키면 끝장이다."

동기는 대각선 방향 옆 분단에 앉은 바른이를 슬쩍 훔쳐보았다. 책상 서랍은 늘 가지런히 정리가 되어 있었고, 앉는 자세도 교과서에 나오는 바른 자세 모양 그대로다. 머리는 항상 가지런히 빗어 넘겨서 흐트러짐이 없었다.

'정말 숨막히는군!'

바른이가 조금만 편한 구석이 있다면 얼마나 좋을까 생각했다. 그랬다면 좀 더 친하게 지낼 수도 있었을 텐데…….

수업 종이 치자 아이들은 각자의 자리로 가 앉았다. 선생님이 들어오시고 수업이 시작되었다. 점심식사 이후 잠자기 딱 좋은 시간에 수학이라니! 창가 자리에 앉은 영수를 보니 고개를 숙이고 초밥왕 보기에 푹 빠져 있었다.

그 순간 동기는 고민에 빠졌다. 시리즈 만화의 마지막 권을 봐야 하나 말아야 하나! 오후의 햇살은 평화롭고 느긋했다. 게다가 선생님은 열심히 판서 중이시다. 안전을 확인하고 동기는 마지막 권을 펼쳐 읽기 시작했다. 금세 이야기 속으로 빠져들었다. 이야기가 중반을 넘어 결말을 향해 치닫고 있을 때였다. 짝꿍 기철이가 옆구리를 쿡 찔렀다.

"아 왜?"

숨죽인 목소리로 대답했다.

기철이가 조금 더 세게 옆구리를 꾹꾹 찔렀다.

"왜 그러냐고!"

고개를 들어 기철이 쪽을 바라보는데, 아뿔사! 교단에 있어야 할 선생님이 떡하니 바로 옆에 버티고 있는 게 아닌가! 화들짝 놀란 동기는 만화책을 서랍 속에 숨기려다 바닥에 떨어뜨리고 말았다.

"어째 요즘 수업 시간에 조용하다 했더니 이런 사정이 있었구나! 주무시거나 아니면 독서하시느라……."

선생님은 바닥에 내동댕이쳐진 만화책을 들고 동기를 무서운 눈으로 노려보았다.

"요즘 요리 배운다고 하더니 교재가 만화인가 보죠? 가방 가지고 앞으로 나와!"

동기의 가방 속 가득한 요리 만화책이 선생님 앞에 적나라하게 모습을 드러냈다. 반 전체가 술렁대기 시작했다.

"요즘 어째 반 분위기가 어수선하다 했더니 이유가 여기 있었어."

벌을 선 채 수업을 마쳤고 종례 후에는 빈 교실에 앉아 반성문을 썼다. 지칠 대로 지쳐 집에 들어서자 예상대로 엄마와의 후반전이 기다리고 있었다. 선생님께서 이미 엄마에게 전화를 한 것이다. 엄마의 잔소리는 쓰나미 수준이었다.

"잘못했어. 내가 잘못했다고. 그런데 요리가 너무 좋아서 그런 거니까 한번만 봐 줘. 학교에서 혼나고 왔는데 엄마는 좀 봐 주면 안 되냐고요."

숙제한다는 핑계를 대고 동기는 방으로 들어갔다.

공부할 기분이 아니었지만 학원 숙제를 해야 하니 영어책을 꺼냈다. 한숨만 푹푹 나오고 도대체 머릿속에 들어가질 않는다. 게다가 좀 있다 바른이를 만날 생각을 하니 끔찍했다.

'바른이가 또 꽁지머리 사부에게 고자질 하는 거 아냐? 안 그래도 만날 깨지는데.'

동기는 한숨만 나왔다.

동기의 발걸음이 만화책 사건으로 인해 바람 빠진 축구공마냥 무거웠다.

요리 수업에서 혼이 나도 학교에서 요리 예찬론을 펼치며 위로 삼았는데⋯⋯. 적당히 자랑하고 요리 만화책 돌려 읽으며 아이들 관심을 한 몸에 받았는데⋯⋯. 이제는 그런 즐거움도 사라져 버렸다.

'이러다가 정말 칼도 한 번 못 잡아 보고 바른이 조수나 하면서 세월 다 보내는 거 아냐? 엄마 아빠가 요리를 못하게 하면 어쩌

지? 음식 하나 제대로 만들어 보지도 못하고 그만둬야 하는 거 아니야?'

꿀꿀한 마음에 좋지 않은 생각만 자꾸 들었다.

"나동기! 너 뭐하니? 사부님 오시기 전에 얼른 준비해야 하는데. 당근 준비했어?"

"어, 여기."

전날의 사건으로 동기는 얼굴을 들지 못하고 대답만 했다.

"화이트보드에 레시피 확인하고 다른 것도 챙겨."

"알았어. 오이, 표고버섯, 치자단무지, 단촛물 또…….""

오늘의 메뉴는 주먹밥이다. 동기는 이번만은 창피당하는 일이 없도록 빠짐없이 챙기려고 보드에 적힌 재료들을 꼼꼼히 살폈다.

"너 그날은 집에서 괜찮았니?"

동기가 바른이를 똑바로 쳐다보았다. 바른이가 느닷없이 부드러운 목소리로 관심을 보이니 놀라웠다. 바른이는 눈을 아래로 내리깔고 레시피를 읽고 있었다.

"오늘 못 나올 줄 알았는데, 그래도 수업은 왔네? 너네 어머니도 성격 참 좋으시다."

그날의 일에 대해 뭐라 변명이라도 좀 하고 싶었지만 달리 할 말이 없었다. 이상하게도 바른이가 하는 말은 늘 대꾸하기 힘든 뭔가가 있다. 동기는 그냥 말을 삼켰다.

"단촛물 준비했지. 야채는? 깨랑 양념도 준비해."

"응."

준비가 끝나자 꽁지머리 사부가 나타났다.

늘 그랬듯이 청바지에 푸른색 셔츠 차림이다. 얼굴에는 구레나룻이 자라 있어 사람이 좋아 보였다. 하지만 눈매 하나는 제법 매섭다.

"오늘은 주먹밥을 할 건데, 가장 중요한 것은 밥 짓기다. 숙제 내준 거 다 해왔지?"

숙제는 그날 할 요리에 들어가는 재료의 종류나 특성을 파악해 오는 것이다. 꽁지머리 사부가 준 두꺼운 책이 있었지만 읽기가 싫어서 동기는 인터넷에서 대충 쌀이 종류를 파악해 왔다.

"동기도 물론 했겠지? 밥은 기본적으로 쌀과 물을 일대일로 하는데, 쌀의 도정 시기에 따라 수분 함량이 달라지므로 물의 양도 조금씩 고려를 해야 한다. 그러니까 햅쌀의 경우엔 물을 조금 덜 넣어야겠지. 수분 함량이 높으니까."

동기는 꽁지머리 사부의 눈치를 살폈다. 혹시 만화책 사건을 알고 있지 않을까 해서. 다행히 아직은 모르는 눈치이다.

"야채는 쌀알과 거의 비슷한 크기로 다지는 것이 좋다. 그래야 어우러짐이 좋겠지. 바른이, 오이 준비해 뒀지?"

"네. 파란 부분만 돌려 깎기 해서 소금에 살짝 절여 뒀어요."

꽁지머리 사부는 재료들을 쌀알 만한 크기로 곱게 다졌다. 사부의 칼 소리가 경쾌하게 울려 퍼지고 밥 뜸 들이는 냄새가 구수하게 났다.

"주먹밥에 쓰이는 밥은 식초와 다시마를 넣고 지어야 감칠맛이 있지. 또 식초를 넣으면 밥이 불지 않아 오래도록 맛을 유지할 수 있어. 자, 이제 재료들을 넣고 섞어 보자. 단촛물 넣어."

"나동기, 만들어 뒀지?"

"네! 깨도 넣어요?"

"그래. 깨 한 테이블스푼"

동기는 여러 개 있는 계량스푼 중에 어느 것인지를 몰라 고개를 갸웃거리며 주저했다. 꽁지머리 사부가 날카로운 눈으로 노려보았다. 공기가 심상치 않자 분위기 파악한 바른이가 얼른 수습에 나섰다.

"이거."

잽싸게 테이블스푼을 골라 주었다.

"나동기 문제 많다. '계량하기'를 모르고 어떻게 요리를 하니? 계량컵과 계량스푼도 아직 제대로 모르는 거야? 요리 끝나고 보자."

재료가 모두 들어가자 꽁지머리 사부는 바른이와 동기에게 볼을 넘겨주었다.

"이제 둘이 주먹밥 만들고 마무리해서 테이블로 가져와!"

꽁지머리 사부가 사라지자 바른이는 또 잔소리를 해댔다.

"너 때문에 내가 아주 조마조마해서 못살겠다. 너 이거 민폐인거 아니? 짜증나!"

동기는 바른이의 구박에도 굴하지 않고 열심히 주먹밥을 만들었다. 바른이는 타원형의 주먹밥을 만들었고, 동기는 네모와 세모 모양의 주먹밥을 만들었다. 파슬리로 장식을 하고 따끈한 녹차를 곁들여 꽁지머리 사부에게 가지고 갔다. 시식에 들어간 꽁지머리 사부의 얼굴이 일순간 일그러졌다. 그리고 동기와 바른이를 번갈아 보았다.

"왜요? 맛이 없어요?"

"무슨 일인지 설명해 봐!"

동기와 바른이도 주먹밥을 먹어 보았다. 심하게 짰다.

"어디서 잘못된 거야?"

꽁지머리 사부가 다그쳤다.

"단촛물이요."

"너 계량 제대로 한 거야?"

바른이가 따져 물었다.

"테이블스푼을 모르니 어찌 제대로 계량을 했겠니? 나동기! 맞지?"

"네에."

동기는 기어들어가는 목소리로 대답했다.

"동기, 너는 도대체 어디에 정신을 두고 있는 거야. 배우겠다는 거야 말겠다는 거야. 기초 없이 요리를 할 수 있다고 생각하면 큰 오산이야. 한 접시의 요리가 탄생하기 위해서 얼마나 많은 훈련과 노력과 공부가 따르는지 아니?"

동기는 아무 말도 하지 못한 채 고개만 숙이고 있었다. 바른이의 머리에서도 푹푹 김 올라오는 소리가 들리는 듯했다.

"동기는 처음부터 다시 공부해! 숙제가 이제 두 배다. 계량하기, 조리도구 종류와 용도, 칼 종류와 칼 다루기, 여덟 가지 조리법과 썰기의 종류. 알았니?"

“네.”

“그리고 바른이 너! 너도 함께 하는 친구에 대해 관심을 가져. 친구에게 무슨 일이 있는지 좀 살피라고. 시키는 일, 네게 주어진 일만 잘한다고 다 되는 건 아니야. 요리는 공동 작업이야. 너희는 한 팀이라고!”

“네에.”

바른이는 고개를 숙인 채 꼼짝 않고 꽁지머리 사부의 이야기를 듣고 있었다.

수업이 끝나고 집으로 가는 길에 앞에 가는 바른이를 불렀다. 바른이도 전에 없이 풀이 죽어 보였다.

“혼나게 해서 미안해. 화났니?”

“말이라고 해. 너 같으면 화 안나니? 그딴 소리 그만하고 할 일이나 제대로 해! 다른 사람에게 피혜 주지 말고.”

바른이는 사과를 받아들이기는커녕 뒤도 돌아보지 않고 자기 할 말만 쏘아붙이고 휑하니 사라졌다. 동기는 바른이가 아닌 자신에게 화가 났다. 그리고 무엇보다 제대로 하지 못한 자신이 싫어졌다.

나동기, 일류 셰프의 길에서 급 좌절하다.

사부에게 혼나고 바른이에게 구박받고.

다들 인재를 알아보지 못하니 안타까울 따름이다.

억울하게 인정받지 못한 나동기 셰프의

슬픈 카나페여~

오늘의 기분을 요리로 표현한다면, 환자용 식사?

당뇨병 환자를 위한 소금, 설탕 다 빠진 밍밍한 음식!

🕐 오늘의 메뉴 슬픈 카나페

하지만 맛은 그만이라네. 이보다 더 풍성한 요리 있으면

나와 보라 그래.

🕐 재료 달걀, 양파, 옥수수, 불고기, 상추, 크래커, 치즈

🕐 조리 방법 크래커를 깔고 치즈를 올려놓는다. 그 위에

오믈렛을 올려놓고, 상추 불고기를 차례차례 올려놓는다.

허걱, 너무 많은가?

☺ **사부님 말씀!**

기본과 원칙의 강을 건너지 않고는 창작의 놀이동산에

당도할 수 없다. 의욕만 가지고 요리를 할 수는 없다.

지금 필요한 건 뭐? 지루하고, 지루하고, 지루하고 고단한 공부

그리고 연습! 자유롭게 창조하기 위해서 공부와 훈련에 자신을

가두어라. 그 안에서 단련하여라.

🕐 곁다리 – 요리, 너 이런 거였어? 그런 거야? 정말 힘들다,

힘들어. 누가 요리를 놀이라고 했을까? 완전 배신이다. 요리는

과학이다! 아니 수학이다!

그까짓 공부 안 해!

“나동기! 지난번에 어떻게 약속했지?”

“성적 올리겠다고요.”

“그런데 이게 무슨 일일까요? 오히려 내려갔잖아. 10점이나! 난이도도 평이한 수준이었는데.”

선생님은 다른 아이들 성적을 쭈욱 보여 주었다. 그리고 수첩을 펼쳤다. 동기의 고개는 점점 더 수그러들었다.

“자, 지난번에 약속한 점수가 몇 점이었더라? 어디 보자, 90점이네.”

90점이라는 말에 동기도 놀랐다. 동기의 얼굴이 홍당무처럼 붉어졌다. 그도 그럴 것이 그 숫자는 동기 본인의 의지와는 상관없이 툭 튀어나온 숫자일 뿐이었으니까.

"어디 본인 이야기 좀 들어 볼까?"

"……."

정말 입이 열 개라도 무슨 할 말이 있겠는가! 동기는 입술만 자근자근 씹었다. 오늘따라 반 아이들은 왜들 이리도 조용한지 시선이 더욱 따갑게 느껴졌다.

"무엇이 문제일까? 공부는 했어?"

"사실은 공부를 많이 못했어요."

"그래, 그런 것 같다. 요리 학원 다니느라 시간을 너무 많이 빼앗기는 거 아니야?"

"아니, 아니, 그건 아니에요."

동기는 기겁을 하며 선생님 말을 가로막았다.

"새롭게 요리를 시작해서 살피를 좀 못 샀었어요. 곧 괜찮아지면 둘 다 잘할 거예요. 수학 학원도 다니고 있거든요."

"어머니는 어디 직장 나가시니?"

엄마 이야기에 동기는 바짝 긴장을 했다. 혹시 면담이라도 하실까 봐.

"직장은 안 나가시는데 무지 바쁘셔서 정신이 없어요. 새롭게 무슨 일을 시작하시려고 하거든요. 그래서 굉장히 피곤하시고 시간도 전혀 낼 수가 없어요."

"무슨 일을 하시는데?"

"글을 쓰세요. 그래서 전혀 시간이 없어요. 밤도 새시구요."

"그래? 어머니가 그런 능력이 있으셨구나."

선생님은 고개를 끄덕이며 생각을 하는 것 같았다.

"오늘 집에 가서 어머니 보여 드리고 사인 받아 와. 초등학교 공부는 필요한 지식을 얻는다는 중요한 목적도 있지만, 그것보다 더 중요한 것은 공부를 통해 세상을 살아가는 태도를 배우는 거란다. 그래서 공부가 중요한 거야. 공부를 통해 필요한 지식을 재미있게 배우는 법을 익힌 사람은 나중에 세상도 신 나게 살아가는 법이란다."

선생님의 말씀이 꾸지람에서 설교로 옮아가자 동기는 마음을 놓았다. 당장이라도 엄마를 호출할 기세로 부르셨는데 일단 위기는 모면했다. 당분간 학부모 면담을 요청하는 일은 없을 것 같다.

'후유, 일단 안심이다.'

동기는 시험지를 아주 꼭꼭 접어 주머니에 넣었다.

"다녀왔습니다."

"으응, 수고했어. 피곤하지?"

엄마는 나와 보지도 않고 컴퓨터에 앉은 채 인사를 받았다. 컴퓨터 키보드 두드리는 소리와 마우스 클릭 하는 소리만 들려왔다. 글을 쓰느라 정신이 없는 모양이다.

"동기야! 수학 경시 대회 결과 안 나왔니?"

"아니 아직! 아무 말 없던데."

가슴이 철렁 내려앉았지만 동기는 일부러 더 큰 소리로 대답했다.

"그래? 얼른 손 씻고, 뭐 좀 먹을래?"

"아니, 됐어. 숙제가 엄청 많아요. 숙제할 거야."

엄마의 얼굴을 보지 않은 것이 얼마나 다행인가! 엄마는 한 치의 빈틈이나 이상한 낌새를 보이면 끝까지 캐물어 사실을 알아내고야 만다.

동기는 침대에 벌렁 누웠다.

'이 시험지를 어떻게 하지?'

가슴이 답답해졌다. 얼마나 긴장하고 신경을 썼는지 피로가 밀려왔다. 스르르 눈을 감았다. 점퍼를 입은 채로 침대에 비스듬히 누워 그대로 잠이 들어 버렸다.

꿈인지 현실인지 아득히 들려오는 엄마의 목소리에 눈을 떴다.

창밖에는 이미 어둠이 깔리고 아빠는 퇴근해 있었다. 모처럼 세 식구가 저녁 식탁에 둘러앉았다.

"앗! 쇠고기 로스구이다!"

엄마는 글 쓰느라 바빠져서 식구들에게 소홀한 것 같아 오늘 신경 좀 썼다고 했다.

"동기는 잘 하고 있는 거야? 요리한다고 공부에 소홀한 건 아니겠지?"

아빠가 물었다.

"네! 요리 수업 숙제가 엄청 많아요. 저 요즘 진짜 공부 많이 하는 거 같아요."

동기는 뜨끔했지만 태연한 척 대답했다.

"약속을 했으니 지킬 거라고 믿으마. 약속을 지키는 것이 책임감이다. 아빠가 가장으로서 가정을 지키기로 한 약속을 지키는 것처럼 말이다."

혹 더 캐물을까 봐 동기는 후루룩 밥을 먹어 치우고는 숙제가 있다며 방으로 들어갔다. 보고 싶은 개그 프로그램이 있지만 포기했다. 이럴 땐 그저 얼굴 마주치는 일을 피하는 게 상책이다.

동기는 방문을 빼꼼히 열고 바깥 공기를 살폈다. 아빠는 소파에서 꾸벅꾸벅 졸고 계시고, 엄마는 벌써 한 시간째 꼼짝 않고 작업 중이다. 일단은 갑작스럽게 방문을 여는 일이 없으리라 확인을 하고는 수학 문제집을 폈다. 그리고 공포의 수학 경시 대회 시험지를 꺼냈다.

'지금 이 시험지를 보였다가는 난리가 날 텐데……. 그럼 요리도 당장 그만두라고 아빠가 노발대발 하실 테고. 그래! 내가 그려서 가는 거야! 엄마 사인은 쉬우니까 내가 해서 가는 거야.'

동기는 엄마의 사인을 확인하기 위해 예전의 성적표를 펼쳤다. 다행히 엄마의 사인은 쉬워 보였다. 떨리는 손을 참아 가며 연습장에 몇 번이나 연습을 한 동기는 점수 옆 칸 쪽으로 펜을 가져갔다. 심장은 두근두근 뛰고 손은 바들바들 떨렸다. 가끔 살짝 엄마를 속이기는 했어도 이렇게 사인을 위조하는 일은 처음이다. 그래서 그런지 양심의 가책이 느껴졌다. 하지만 어쩔 수 없다. 동기는 마치 명작을 탄생시키듯 심혈을 기울여 엄마의 사인을 그려 냈다. 그리고 그 끔찍한 점수의 시험지를 꼭꼭 접어서 수학책에 얼른 챙겨 넣었다. 온몸에 열이 훅훅 나고 심장은 여전히 쿵쾅거렸다. 떨리는 가슴에 손을 얹고 마음을 진정시켰다.

마침내 사인을 연습한 종이를 찢어 똘똘 뭉쳐 쓰레기통에 집어

넣음으로써 모든 작업을 마쳤다. 그러고는 긴 숨을 내쉬었다. 그래도 진땀이 나고 불안하여 도대체 마음이 진정되질 않았다. 공부하는 척이라도 해야 할 것 같아 수학 문제집을 다시 펼쳤다. 하지만 한 문제도 눈에 들어오지 않았다.

동기는 요리만큼 점점 더 어긋나는 바른이와의 관계도 고민이다.

요리를 처음 시작할 때는 혹시 친하게 지낼 수 있지 않을까 하는 기대도 있었다. 그러나 날이 갈수록 점점 둘의 사이가 나빠지는 것 같아 신경이 쓰였다. 늘 눈치를 봐야 하니 동기는 불편해서 견딜 수가 없었다.

그러던 어느 날, 방과 후 혼자 가는 바른이를 발견했다. 동기는 화해할 기회다 싶어 바른이를 불러 세웠다.

"왜?"

바른이는 항상 그렇듯이 쌀쌀맞게 대답했다.

"같이 가자. 줄 거 있어. 이거 우리 엄마가 사 오신 수제 초콜릿이야."

"됐어. 나 그런 거 필요 없어. 너나 많이 먹어."

동기는 바른이 손에 초콜릿을 쥐어 주려고 했다.

"필요 없다고."

바른이가 동기의 손을 뿌리치며 소리쳤다.

"근데 너 왜 자꾸 내 인생에 끼어드는 거니?"

좀처럼 표정 변화가 없는 바른이의 얼굴이 불그스레 달아올랐다.

"지난번 계량스푼 사건 때문에 화난 거야? 나 때문에 사부님한테 혼나서 그래?"

"그래. 내가 왜 너랑 엮여서 같이 사고뭉치 취급받고 혼이 나야 되는데?"

"일부러 그런 건 아니잖아."

"너 연구 대상인 거 아니? 자기 할 일도 제대로 못해 혼나면서도 정신을 못 차리니."

바른이의 말이 점점 험악해지고 있었다.

"넌 자존심도 없니? 나 같으면 정말 이를 악물고라도 공부하겠다."

'뭐 공부?'

정말 참으려 했지만, 동기도 슬슬 부아가 치밀기 시작했다.

"다른 데 신경 좀 그만 쓰고 제발 정신 좀 차려. 네 할 일이나 제대로 하라고! 공부 좀 하란 말이야. 친구로서 충고하는 거야."

동기는 두 주먹을 불끈 쥐고 부들부들 떨었다.

'못된 계집애. 공부 좀 잘한다고 이렇게 사람 무시해도 되는 거야.'

화해하려는 시도는 결국 상처만 남기고 실패로 돌아가 버렸다. 동기는 이를 부득부득 갈았다.

'그까짓 공부, 나도 공부 좀 잘하고 싶다. 정말!'

저녁밥을 먹고 곧장 동기는 공부를 하겠다고 방으로 들어갔다. 바른이 생각만 하면 마음이 복잡해져서 견딜 수가 없었다. 방에 혼자 있을 때도 수업 시간에 딴 짓을 할 때도 마치 바른이가 지켜보고 있기라도 한 것처럼 불편하기만 했다.

'그래. 나도 공부할 거야.'

마음을 다잡고 책상에 앉았다. 책상은 엉망진창 해 펼 자리도 없었다. 여기저기 책들이 널려 있고, 학교 앞에서 받은 학원 전단지에 고장 난 이어폰까지 엉겨 있었다. 이것저것 재활용 할 것들과 쓰레기를 챙겨 거실로 나갔다. 일찍 퇴근하신 아빠가 동기에게 물었다.

"공부한다더니 뭐하니?"

“책상이 너무 어지러워 치웠어요.”

“그러게 평소에 정리정돈을 하고 다니지. 어서 해라.”

다시 책상에 앉아 수학 문제집을 폈다. 한 두 문제를 풀다 보니 도통 모르겠다. 쳐다보고 있자니 온갖 생각이 다 떠오르고 집중이 되질 않았다.

‘집중력이 있어야 한다고 그랬지. 집중!’

동기는 문제를 노려보았다. 뽀글뽀글 생각이 꼬리의 꼬리를 물고 이어졌다. 눈은 책을 보고 머리는 이곳저곳을 헤매고 있었다.

‘정신을 차려야 해. 물이나 한 잔 마셔야지.’

살금살금 주방을 향해 걸어갔다. 그때 천둥처럼 들려오는 아빠의 헛기침소리가 들렸다. 화들짝 놀란 동기가 느닷없이 아빠에게 물었다.

“물 드려요?”

“아니!”

동기는 서둘러 물을 마시고 들어가 앉았다. 도무지 글씨가 눈에 들어오지 않았다. 공부가 정말 답답하고 지겹단 생각이 들었다.

‘바른이는 이렇게 지겨운 공부를 어떻게 잘하지? 정말 독하다니까. 존경스럽다. 나도 공부 좀 잘해 봤으면 좋겠다.’

한참 생각 속을 이리저리 헤매다 보니 동기는 갑자기 또 화장실이 가고 싶어졌다.

'물을 너무 많이 마셨나봐. 어쩌지? 화장실 간다고 나가면 또 잔소리 하겠지. 아니야, 아빠는 지금쯤 잠이 들었을 거야.'

동기는 문을 살짝 열고 도둑고양이 마냥 사뿐사뿐 화장실을 향해 걸어갔다.

"벌써 몇 번째 나오는 거야? 공부한다는 녀석이 진득하게 앉아 있지 못하고……. 쯧쯧, 그렇게 산만해서 어떻게 공부를 하니!"

"화장실에 가고 싶어서."

아빠가 몰아붙이는 통에 볼일도 보는 둥 마는 둥 하고는 쫓기듯 다시 방으로 들어왔다.

'짜증나! 감옥이 따로 없네. 으으. 싫다, 싫어.'

다시 책상 앞에 앉았다. 잠을 잘 수도 만화책을 볼 수도 딴 짓을 할 수도 없다. 아빠가 떡 하니 버티고 있으니 꼼짝없이 책상 앞에 앉아 있을 수밖에 없다. 눈꺼풀이 자꾸만 무거워졌다.

오늘의 메뉴

주방 화이트보드에는 '재료들'이라고 적혀 있었다.

벌써 몇 시간째 재료 수업만 하고 있다. 동기는 실망한 기색을 숨길 수 없었다.

"나동기! 왜? 불만 있어? 화려한 불쇼라도 한번 해 보고 싶은데 또 재료 연구라 짜증난다 이거야?"

"아뇨! 그럴 리가요."

바른이가 고소하다는 듯 쿡쿡거리며 웃었다.

모든 것이 뒤죽박죽이다. 꽁지머리 사부에게 인정받아 보겠다는 노력도 모두 허사가 되어 버리고, 바른이에게도 무시를 당하고 이보다 더 나쁠 순 없다. 그뿐만이 아니다. 수학 시험지 사인 위조가 들통이 날까 봐 집에서도 눈치를 봐야 한다. 엄마는 속도 모르고 아들이 달라진 줄 알고 좋아하는 눈치다.

"채소들을 색에 따라 공부해 보도록 하자. 클로로필류를 한번 모아 볼까? 바른이!"

바른이는 오이, 시금치, 샐러리 등을 한곳으로 모았다.

"클로로필류는 우리가 흔히 말하는 엽록소류 푸른색 채소를 말하는 것이다. 요리를 위해서 알아야 할 특이 사항이 뭘까? 요리할 때 주의할 점."

"많이 익히면 영양소가 파괴돼요. 색깔도 변하고."

바른이가 곧바로 대답했다.

동기는 겨우 고개만 끄덕였다. 수업은 계속 이어졌고 바른이는 꽁지머리 사부의 질문이 끝나기 무섭게 대답을 잘했다. 동기는 꽁지머리 사부의 질문에는 관심이 없고, 이미 마음은 다른 곳에 가 있었다.

주방의 멋지고 화려한 조리 기구들과 다양한 크기의 칼들. 칼같이 날을 세워 올린 흰색 모자와 새하얀 앞치마.

'지금은 이 모든 것이 그림의 떡일 뿐이지만 언젠가는 꼭 나도 멋진 셰프 모자 쓰고 폼 나게 요리할 거다.'

동기는 오늘도 셰프가 되는 상상을 하며 아쉬움을 달랬다.

"오늘 수업은 여기까지다. 우리 식당에 새로운 메뉴를 하나 선보일까 생각 중인데, 너희들한테 기회를 주려고 해. 지금까지 배운 것들을 토대로 해서 브런치 메뉴를 개발해 보도록 해라. 주재료는 감자나 고구마, 달걀, 빵, 밥 등 우리가 배웠던 재료들이 되겠지. 두 사람 메뉴 중 하나를 채택할 거야. 채택된 사람의 메뉴는 실제로 꽁지네 식당 메뉴판에 올라 사람들에게 선보이게 될 거야. 가문의 영광이지! 집에서 연습들 해 보고 리포트 형식으로 제출해. 질문 있어?"

"채택이 되면 여기 메뉴판에 오른다고요?"

환상 속을 헤매던 동기는 정신이 번쩍 들었다.

"그래!"

"직접 만들어요? 우리가?"

"직접 만들어! 단, 선생님의 감독 하에 시연을 할 거다. 우선 너희들이 창의성을 발휘해 집에서 충분히 만들어 본 뒤 레시피와 음식 소개를 리포트로 작성해서 제출하는 거야. 대충 충동적으로 하는 것이 아니라 정확하게 계량해서 기록하는 거다. 열 번을 다시 만들어도 항상 같은 맛을 낼 수 있도록! 시간은 2주 후 금요일까지. 지금까지 배운 것과 자신의 아이디어를 총동원해 봐.”

동기는 드디어 기회를 잡았다고 생각했다. 이번에야 말로 뭔가를 보여 줘서 꽁지머리 사부에게 인정받고 바른이 코를 납작하게 해 주리라 생각했다. 갑자기 축 늘어졌던 어깨가 활짝 펴지고 힘이 불끈불끈 솟는 것 같았다.

‘뭘 하지? 뭘 하면 눈에 확 띌까? 깜짝 놀라게 해 줘야 할 텐데.’

뒷정리를 마치자마자 동기는 식당을 뛰쳐나왔다. 지금까지의 지지부진을 만회하고 말리라 결심하며 집을 향해 달렸다.

동기의 머릿속은 온통 ‘오늘의 메뉴’에 대한 생각들로 가득했다.

어떻게 바른이를 이길 것인지. 바른이가 무엇을 할 것인지. 또 어떤 메뉴를 해야 꽁지머리 사부의 눈에 들 것인지. 이런 생각들뿐이었다.

요리 수업에서도 바른이를 향해 더듬이를 바짝 세우고 있었다. 바른이가 과연 어떤 재료로 어떤 요리를 할지 궁금해서 견딜 수가 없었다. 틈만 나면 동기는 바른이가 무슨 요리를 할지 은근슬쩍 떠보지만 그때마다 바른이는 어림없다는 듯 여지를 두지 않았다.

“너 지난번에 보니까 주먹밥 잘 만들더라? 너는 그거 하면 되겠네. 나는 뭐하지?”

“내가 뭐 할지 그게 그렇게 궁금하니?”

“아니, 그냥 너 그거 하면 잘 만들 거 같아서 그러지.”

“그럼 니가 주먹밥 해라. 난 밥에 관심 없거든.”

바른이는 잘라 말하고는 꽁지머리 사부의 부름을 받고 휑하니 가 버렸다.

그 순간 동기의 시선을 사로잡은 것은 바로 바른이의 노트였다. 동기는 슬그머니 바른이의 노트를 넘겨보았다. 거기에는 ‘감자, 베이컨’이라고 적혀 있을 뿐. 별다른 메모가 없었다.

‘뭘까? 감자일까? 그러기엔 다른 메모가 너무 없잖아’

동기는 얼른 자리로 돌아왔다.

요리 수업을 마치자마자 동기는 부리나케 집으로 달려와 엄마부터 찾았다.

“엄마, 주재료 감자는 어때?”

“뭐가 그렇게 바쁘니? 갑자기 감자는 왜?”

“꽁지머리 사부가 감자, 고구마 이런 걸 좋아해. 수업 시간에도 감자에 대해서 꽤 여러 번 했어. 감자 어때?”

“너무 무난하고 평범하지 않아?”

"다양한 재료들을 함께 쓰면 되지 뭐."

"바른이는 주재료가 뭐래?"

"글쎄, 그 깍쟁이가 얘기를 해 주겠어. 사실 내가 걔 노트를 슬쩍 훔쳐봤는데. 감자라고 적어 놨더라. 그리고 베이컨, 야채 뭐 이렇게 적어 놨더라고."

엄마는 한참을 아무 말 없이 고민했다. 동기는 엄마가 남의 노트를 훔쳐보는 것은 정당하지 않다고 훈계를 할 거라 생각하며 조심스럽게 엄마의 반응을 기다렸다.

그런데 엄마의 대답은 의외였다.

"그래? 그럼 너도 감자로 할래?"

어젯밤 늦게 잠이 들었던 동기는 거실에서 들려오는 말다툼 소리에 눈을 떴다. 심상치 않은 공기에 살금살금 씻고 학교 갈 준비를 서둘렀다. 들어보니 정신없이 바빴던 엄마가 깜빡하고 와이셔츠를 다려 놓지 않아 아빠가 화가 난 것이다. 아침부터 집안에 찬바람이 쌩쌩 불었다. 동기는 불똥이 자신에게 튈까 봐 서둘러 준비하고 나갈 참이었다. 그런데 느닷없이 엄마가 어젯밤 주방에 늘어 놓았던 노트며 책들을 들고 잔소리를 하고 나섰다.

"나중에 치울게. 늦었어. 다녀오겠습니다."

화풀이성 잔소리가 분명했다. 하지만 한 마디 불평도 못하고 동기는 가방을 챙겨 들고 서둘러 집을 나와 버렸다. 일단 피하는 것이 상책이다.

'도대체 아침부터 왜들 저러시는지. 나보고 참을성 없다더니 가만히 보면 어른들이 더 한 것 같다니까. 그리고 왜 나한테 화풀이냐고. 짜증나게!'

불만을 가득 품고 툴툴대며 학교에 도착했을 때 비로소 동기는 뭔가를 놓고 왔음을 깨달았다.

'앗! 미술 준비물. 이건 순전히 엄마 아빠 때문이야. 기철이랑 같이 해야지. 뭐.'

살다 보면 정말 운이 따라 주지 않는 나쁜 날들이 있다. 오늘이 바로 그런 날이다. 오늘따라 미술 준비물 검사를 했다. 동기는 딱 걸리고 말았다. 꼼짝없이 교실 뒷자리에서 벌을 서게 되었다. 그러면서도 동기의 머릿속은 온통 요리 생각뿐이었다. 엄마랑 이것저것 만들어도 보고 궁리를 해 보았지만 아직까지 오늘의 메뉴에 제출할 변변한 요리를 찾지 못해 마음은 불안했다.

동기는 모두가 돌아간 교실에 혼자 앉아 반성문까지 써야 했다.

‘준비물을 챙기지 않은 것을 반성합니다. 죄송합니다. 잘못했습니다.’

여기까지 쓰고 나니 할 말이 없다. 그렇게 반성문을 써도 반성문 쓰는 실력은 늘지 않는다. 기철이 녀석은 반성문의 대가인데. 연필을 긁적이며 동기는 생각했다.

‘공부를 잘하면 이런 일은 없겠지. 만날 벌서고 혼나는 일도 없고 바른이에게 무시당할 일도 없겠지. 나도 공부 좀 잘하고 싶다. 그리고 요리도 잘해서 바른이처럼 그렇게 인정받고 당당하고 싶다.’

반성문을 들고 교무실로 가자 선생님께서 앉으라고 의자를 내주었다.

“두 가지 하느라 정신없지?”

“네.”

“요리라고 공부와 특별하게 다른 게 있겠니? 처음에는 무엇이든 배우고 공부하고 익히고 그래야 하는 거야. 요리도 공부다 생각하고 차분하게 하도록 해. 너무 들떠서 덤벙대며 다니지 말고. 바른이도 잘하지?”

“뭐, 잘 모르겠는데요.”

‘공부를 잘하니까 요리도 당연히 잘할 거라는 말씀이시죠?’

동기는 마음속으로 대답했다. 그리고 다시 한 번 마음을 다잡았다. 오늘의 메뉴에서 반드시 바른이를 이기고야 말겠다고. 다짐 또 다짐했다.

동기는 모두가 돌아간 텅 빈 운동장을 걸어 나왔다.

생애 첫 번째 가출 여행이 떠올랐다. 오늘의 메뉴만 아니라면 외할머니 집으로 도망이라도 가 버리고 싶은 심정이다. 오늘따라 가방이 유난히 무거웠다. 가슴이 답답하고 부글부글 끓어오르지만 표정 관리를 하고 집에 들어가야 한다. 아니면 또 엄마가 꼬치꼬치 캐물을 것이고 잔소리를 할 것이다.

동기는 하늘을 쳐다보며 긴 숨을 내쉬었다. 그리고 집을 향해 발길을 옮겼다. 엄마의 의심을 받지 않으려면 서둘러야 한다. 평소보다 이미 하교 시간이 늦었다. 의심 받지 않으려면 달려야 한다.

"다녀왔습니다."

"어서 와 아들! 늦었네."

엄마는 무슨 일인지 기분이 좋아 보였다. 아침에 너무 했다는 생각이 든 걸까? 아니면 무슨 기분 좋은 일이 생긴 걸까?

"너 얼굴이 왜 그래? 무슨 일 있어?"

오늘의
요리
경연

"응, 청소했더니 피곤해서 그래."

동기는 돌아서서 표정 관리를 했다. 예민한 엄마에게 들키면 또 큰일이다.

"동기야, 오늘은 아주 확실하게 연습을 해 보자. 엄마가 여러 가지 재료도 사고, 준비도 다 해 뒀어. 뭐가 좋을까? 오늘은 대충 메뉴를 정해야겠지?"

"엄마가 자주 해 주는 감자볶음에 치즈를 올리는 건 어때? 감자볶음 무지 맛있잖아."

"너무 단순하잖아. 그리고 너무 무난해."

"치즈 위에 색색의 파프리카를 썰어 올리면 되지. 꽁지머리 사부 파프리카도 엄청 좋아해."

"그래? 그럼 파프리카를 이용한 거 뭐 없을까? 브로콜리도 요리하면 참 근사한데, 뭔가 있어 보이잖아. 고급 요리처럼."

"그럼 엄마 이것저것 다 넣어서 샐러드를 만들면 어때? 지난번에 카나페 만들었는데 파프리카로 장식하는 걸 사부가 굉장히 좋아 하더라고."

결국 삶은 감자를 깍두기 모양으로 썰어서 갖가지 색깔의 파프리카와 야채, 견과류들을 넣고 버무린 감자 샐러드를 만들기로 했다.

"엄마, 감자 써는 거 내가 해 볼게."

"위험해. 엄마가 다 썰어 놨다니까."

"그럼 파프리카는 내가 해 볼게."

"그건 모양을 예쁘고 고르게 썰어야 해. 가만있어 봐 엄마가 할 게. 너는 잘 보기나 해."

"난 구경만 하라고?"

"너는 엄마가 하는 거 보면서 메모나 잘해. 재료의 용량이나 감자 삶는 시간이나 그런 거 잘 적어 둬."

동기는 노트와 펜을 들고 주방에 얼쩡댔다. 그러나 엄마 하는 일에 참견하느라 바빠서 적는 것은 뒷전이었다. 엄마는 삶은 감자를 깍둑썰기하고 양상치와 오이, 브로콜리, 여러 가지 색깔의 파프리카를 넣고 소스를 넣어 버무렸다.

"동기야, 마요네즈 케첩 소스는 너무 평범하지 않니?"

"난 맛만 좋은데? 그거 아니면 뭐가 있어?"

"올리버 오일 소스."

"으으, 난 싫은데."

"너를 위한 것이 아니잖아. 다른 사람들은 좋아할 수도 있지. 일단 마요네즈 케첩 소스는 보기에 너무 지저분해.”

“맛만 좋으면 되지 보기도 좋아야 해?”

“맛만 좋아서는 안 되지 식당의 간판 메뉴가 될 건데. 일단 보기에 근사해 보여야 점수를 많이 받지.”

엄마가 만든 샐러드는 10가지가 넘는 재료를 넣어 보기에 아주 화려했다. 감자, 오이, 브로콜리, 양상치, 세 가지 색깔의 파프리카, 방울토마토, 사과, 모짜렐라 치즈, 슬라이스 아몬드 등.

“엄마, 보기는 좋은데 맛이 좀 싱거워. 소스가 너무 심심해. 노트에 적어 놓은 걸 보니까 바른이는 베이컨도 쓰는 거 같아.”

“그래? 그럼 우리도 베이컨을 좀 넣어 볼까? 베이컨 잘게 잘라 뿌리면 맛있잖아.”

“엄마, 그럼 내가 한번 볶아 볼래. 실제로 해 봐야지.”

“그냥, 그렇게 적어. 기름 다 튀고 번거로우니까.”

“나 한번 해 보고 싶어. 엄마가 다 하고 나는 그냥 적기만 하고 잔심부름만 했잖아. 나 한 번만 해 보자.”

“엄마 정신없어. 그냥 그렇게 적고. 얼른 치우자. 엄마 바쁘다. 글도 써야 해. 너 때문에 이번 주에 아무것도 못했잖아.”

“난 뭐 칼 한 번 잡아 보지도 못하고. 만날 치우고 적기나 하래.

엄마가 다 했잖아.”

“어차피 오늘의 메뉴도 직접 만드는 게 아니잖아. 리포트 작성이나 잘 하면 되지 뭐. 어디 보자, 잘 적었니?”

동기는 구경하고 수선 피우느라 메모를 한 것이 거의 없었다.

“아무것도 없네. 하나도 안 적었어?”

“엄마가 글 잘 쓰니까 엄마가 해. 전문가잖아.”

동기는 메모지를 엄마에게 내밀었다.

“답답해라. 이리 주고 가서 숙제나 어서 해. 엄마가 해 줄 테니까.”

“엄마, 베이컨 볶는 거 해 보면 안 돼?”

“쓸데없는 소리 말고 책이나 좀 봐. 엄마도 뒷정리하고 얼른 할 일 해야 해.”

요리 연습은 엄마의 준비로 시작해서 엄마의 요리 시연과 정리로 끝이 났다. 동기는 칼도 못 잡아 보고 잔심부름하고 구경만 한 것이 내내 불만스러웠다.

언젠가 외할머니가 그러셨다. 우리네 인생은

잘 차려진 밥상이라고! 정말 그 말이 맞는 것 같다.

요즘 나의 생활은 그야말로 지루한 밥상이었다.

외우고, 공부하고, 반복하고 지루한 요리 공부라는

밥상! 그런데 '오늘의 메뉴' 선정이 나동기를 살린다.

지루한 밥상에 상큼 발랄한 샐러드 한 접시, 새콤한 레모네이드가

추가된 느낌이다. 반드시 꽁지네 식당 메뉴판에 동기표 메뉴를

올리고 말리라. 반드시!

필승! '꽁지네 오늘의 메뉴' 완벽 대비!

*못난이 김밥－견과류 넣은 밥에 김가루 입히기

*양상치 참치 카나페－양상치에 참치, 치즈, 방울 토마토,

새싹채소를 올려 만든 상큼 발랄 카나페

*우유 컵빙수－후루트링 씨리얼을 컵에 담고 우유 부어 얼린다.

1시간 뒤 다시 후루트링 씨리얼 넣고 우유 붓고 얼린다.

거꾸로 뒤집어 접시에 담는다.

⭐ 폼 나는 파티 메뉴

㊟ 과일 생크림 샌드위치—딸기, 키위, 바나나, 파인애플을 잘게

썰어 생크림에 버무린다. 부드러운 식빵 사이에 넣어 근사하게

자른다. 간단하지만 화려한 파티 메뉴!

㊟ 단호박 감자 스프—익힌 단호박을 으깬다. 삶은 감자도

으깨서 섞어 준다. 우유와 찹쌀가루 넣고 살짝 끓인다.

최대 비극의 날

엄마와 함께 요리 연습을 하다 보니 동기는 마치 자신이 대단한 요리사라도 된 양 착각에 빠졌다. 요리 수업 시간엔 사부님이 하라는 대로 따르기만 했는데, 집에서 연습하면서 엄마에게 이래라 저래라 마음대로 참견을 하니 세상을 다 얻은 기분이 들었다. 뭐든 하기만 하면 다 해낼 수 있을 것 같았다.

그러던 어느 날이었다. 마침 일찍 식당에 도착한 동기는 꽁지머리 사부가 좀 늦는다고 바른이와 자습을 하고 있으라는 연락을 받았다. 동기는 주방 작업대에 노트를 펼쳐 놓고 즐거운 상상을 시작했다. 하얀 셰프 모자를 쓰고 작업대에서 호령하는 자신이 다른 사람들의 부러움을 사는 모습이었다. 상상 속의 동기는 둥근 팬을 능

수능란하게 돌리며 불쇼까지 선보였다.

'아, 멋지다!'

뿌듯한 얼굴로 상상에 빠져 있던 동기는 불현듯 엄마와 함께 하다가 결국 맛을 보지 못한 베이컨이 떠올랐다. 게다가 이건 또 무슨 운명의 장난일까? 아니면 악마의 속삭임이었을까? 하필이면 작업대 위에 베이컨이 턱하니 놓여 있는 것이 아닌가!

'나동기, 지금이 기회야. 한번 해 봐. 넌 뭐든 할 수 있어. 게다가 넌 베이컨 볶는 연습을 해 보지도 못했잖아. 엄마는 절대 안 시켜 줄 거니까 지금이 기회야. 어서 해 봐.'

동기의 마음속에서 속삭이는 소리가 들려왔다. 동기는 노트 정리 하려고 들고 있던 메모지를 옆에 놓고, 가스레인지에 팬을 올렸다. 탁탁탁, 베이컨을 다지고 불을 켰다. 가스레인지의 불이 켜지는 소리를 들은 바른이가 달려왔다.

"야! 너 미쳤어? 쫓겨나고 싶어. 빨리 꺼! 불 쓰지 말랬잖아."

"상관 마. 간단하게 연습만 하는데 뭐 어떨라고. 그냥 다진 베이컨만 볶아 보고 끌 거야."

그런데 베이컨을 올려놓는 순간, 갑자기 작업대 위에 있던 메모지가 불쪽으로 날아와 불이 붙어 버렸다.

"어머머, 어떡해! 어떡해!"

바른이가 소리를 지르며 허둥거렸다.

동기도 비명을 질렀다. 동기는 너무 당황한 나머지 그 자리에 얼음이 되어 버렸다. 꼼짝도 할 수 없었다. 메모지가 다 타고 마침내 불은 옆에 있던 행주와 앞치마로 옮겨 가고 있었다. 당황한 동기는 그 자리에서 팔짝팔짝 뛰었다.

다급한 그 순간, 바른이는 잽싸게 물을 한바가지 가져다가 동기를 향해 들이부었다. 치이익 소리와 함께 동기는 물벼락을 맞았다. 다행히 불은 꺼졌다.

바른이는 다시 물 한바가지를 팬에다 쏟아 부었다. 한 발자국도 움직이지 못하고 서 있던 동기는 그 자리에서 물에 빠진 생쥐 꼴이 되었다. 시커먼 재들과 미처 요리되지 못한 분홍색 베이컨 조각들이 하얀 앞치마에 얼룩얼룩 붙었다.

"가스 잠궈! 잠그란 말이야. 이 멍청아!"

바른이가 소리를 질렀다. 동기는 바른이의 말을 따라 가스 스위치를 잠궜다.

"너 나 때문에 살아난 줄 알아. 나 아니었음 여기 불바다 되고 너는 새까맣게 탄 쥐포 신세가 되었을 거야."

"……."

"어떡해, 어떡해. 이제 곧 사부님 돌아오실 시간인데."

그 말에 동기는 정신이 바짝 들어 고개를 흔들었다. 얼굴에 묻었던 물들이 사방으로 튀었다. 사부가 도착하기 전에 얼른 치우리라 생각하고 막 재들을 끌어 모을 때였다.

"이게 무슨 일이야? 무슨 냄새야?"

꽁지머리 사부가 주방으로 들어왔다. 한순간 식당은 아수라장이 되어 버렸다. 꽁지머리 사부의 구레나룻 얼굴은 홍당무처럼 빨갛게 달아올랐고 고래고래 소리를 질렀다. 바른이를 시켜 엄마에게 전화를 해서 식당으로 불렀다.

"나동기, 이 사고뭉치야! 하라는 공부나 하지 왜 만날 이렇게 이벤트야. 큰일 날 뻔 했잖아."

꽁지머리 사부의 꾸지람가 잔소리, 흔게는 한참동안 이이겄디.

놀란 엄마는 헐레벌떡 나타났다. 사무실 쪽에서 꽁지머리 사부와 이야기를 마친 엄마는 횅하니 식당 문을 나섰다.

"따라와! 집에 가서 이야기하자."

밖은 잉크 빛 어둠이 내리고 있었다.

"엄마."

"……."

몇 번을 불러도 엄마는 대답도 없고 뒤도 돌아보지 않은 채 앞질러 걸음을 재촉했다. 터지기 일보직전이었다. 눈치를 살피며 엄마 뒤를 졸졸 따라 가던 동기 눈앞에 이건 또 무슨 비극인가! 담임선생님이다! 저 멀리 앞쪽에 담임선생님이 걸어오고 있는 게 아닌가! 하늘도 무심하시지. 어떻게 이런 일이! 누가 이 순간을 예상이나 했을까? 화재 사건은 전주곡에 불과할 뿐. 거대한 허리케인이 동기를 기다리고 있었다.

'어쩌나? 튀어? 말아?'

동기가 갈등하는 사이 담임선생님은 성큼 다가와 있었다.

'뭘 망설이는 거야. 멍청이 겁쟁이야. 늦기 전에 어서 튀어!'

동기는 마음속 속삭임에 따라 뒤돌아 뛰기 시작했다. 물이 뚝뚝 떨어지는 옷자락을 잡고 힘껏 달렸다.

"어머! 선생님 아니세요."

엄마는 어쩔 줄 몰라 하며 어색하게 인사를 했다. 달리는 동기의 등 뒤쪽으로 선생님의 목소리가 들려왔다.

"안녕하세요. 동기 어머니, 그렇잖아도 한번 뵈어야지 했는데."

"네에."

달리면서도 소리가 들리지 않을 때까지 동기는 귀를 쫑긋 세웠다. 점점 멀어지면서도 오가는 대화 소리에 귀를 기울였다.

'지금 그 이야기를 하실까? 다 말해 버리면 어떻게 하지? 우리 선생님 그렇잖아도 엄마 만나지 못해 안달인데. 어떡하지? 아아, 짜증나!'

동기는 물을 뒤집어 쓴 몰골만 아니면 그 자리에 남아 어떻게든 수습하고 싶었다.

'제발 사인 위조만은…… 그것만은…… 제발!'

동기는 마음속으로 간절히 기도하며 달렸다. 그냥 인사만 하고 헤어지기를. 제발 아무 일 없기를.

집에 돌아와 옷을 갈아입고 방에 앉아 있는데 문소리가 들려왔다. 엄마였다. 그런데 아무 기척이 없다. 태풍이 오기 전의 고요함이라고나 할까? 방문을 열고 들어오기를 기다렸지만 엄마는 아무 말이 없었다. 동기는 슬그머니 문을 열고 거실로 나갔다. 동기를 보자마자 엄마는 소리를 고래고래 질렀다.

"너 이 자식! 도대체 어떡해야 되니? 무슨 일부터 이야기 할래?

어디 할 말 있음 해 봐.”

“선생님이 뭐라 그러셔?”

“너는 지금 그걸 말이라고 하니? 왜? 혹시라도 선생님이 말 안 하고 그냥 넘어가셨으면 또 거짓말하려고?”

“선생님이 다 이야기 하셨어?”

기어들어가는 목소리로 동기는 말했다. 엄마는 기가 막혀 소리를 질렀다.

“그래. 이야기 하시더라. 그 자랑스러운 점수까지! 그걸 점수라고 받았어. 그래 놓고 어떻게 그렇게 멀쩡한 얼굴로 큰소리 땅땅 치면서 다닐 수가 있는 거니? 이젠 사인 위조까지 몰래하고 너를 어떡해야 하니.”

동기는 비로소 모든 것을 포기했다. 사인 위조 소리를 듣는 순간 더 이상 지킬 것도 감춰야 할 것도 없음을 알아차렸다. 모든 것이 다 드러나 버렸다. 동기는 두 손을 모으고 싹싹 빌기 시작했다. 동기가 빌면 빌수록 엄마는 화가 가라앉기는커녕 더욱 화를 냈다.

“그렇게 잘해 보겠다고 믿어 달라고 하더니 세상에 엄마 사인을 위조까지 해? 어쩜 그렇게 멀쩡하고 아무렇지 않은 얼굴로 다닐 수가 있는 거니? 맹랑하게!”

우울한 집안 분위기에 동기는 미안함과 불편함을 감출 수가 없다.

'나 때문에 엄마 아빠는 싸움을 하고 집안은 엉망이니, 난 정말 구제불능일까? 나도 공부를 잘하고 싶다. 공부 잘해서 엄마 아빠도 기쁘게 해 드리고 칭찬도 받고 싶다. 공부를 잘하는 것이 나에게도 가능할까? 정말 공부를 하면 잘할 수 있을까?'

동기는 갑자기 공부를 정말 잘해 보고 싶다는 생각이 들었다. 마음속 깊은 곳에서 불끈 뭔가가 솟아오르는 것을 느꼈다.

'지금은 오늘의 메뉴에 집중할 때지. 며칠 안 남았잖아. 이것만 끝내면 나도 공부할 거야. 공부 아주 열심히 해서 꼭 칭찬 받고 말 거야.'

동기는 자신을 북돋우며 오늘의 메뉴 준비를 위해 컴퓨터를 켰다. 마침 일이 이틀 뒤로 나가왔기 때문이다. 여러 가지 요리 연습만 요란하게 해 보았지 아직 전혀 정리가 안 된 상태다. 컴퓨터 앞에 앉아 요리 노트를 펼치는 순간 방문을 열고 엄마가 들어왔다. 표정이 예사롭지 않다.

"뭐하는 거야?"

"자료 조사해야 돼서 그래."

"무슨 자료를 찾는데 그렇게 오래 걸려?"

"내가 알아서 하고 있잖아!"

동기의 말이 채 끝나기도 전에 엄마는 다시 속사포를 쏘아댔다.

"핑계 좀 그만 대고 그렇게 난리를 쳤으면 좀 달라져야 하지 않니?"

"엄마, 무슨 말이 그래. 이게 나한테 얼마나 중요한지 잘 알면서."

"그게 그렇게 중요하면 공부도 신경 쓰고, 네 일은 알아서 해야 하는 거 아니니? 믿을 수 있게 정말 한 톨이라도 달라진 모습을 보여 줘 보라고."

"엄마 지금 아빠하고 싸우고 글 쓰는 일도 제대로 안 되니까 나한테 화풀이 하는 거야? 내 말은 들어 보지도 않고 무대포로 이렇게 화내는 게 어딨어."

"뭐라고? 내가 너한테 화풀이 하는 거라고?"

"엄마도 글 쓴다고 집안 일 대충하고 내가 뭐 좀 부탁해도 바쁘다며 안 도와줬잖아! 그런데 그렇게 중요한 글쓰기를 지금은 왜 그만뒀는데? 엄마도 못하면서 왜 나만 자꾸 혼내? 나 야단치고 간섭하는 게 제일 쉽지? 그래서 자꾸 그러는 거지? 나도 공부도 잘하고 싶고 무슨 일이든 다 잘하고 싶단 말이야. 나는 뭐 이렇게 만날 사고치고 싶어서 치는 줄 알아. 내 맘도 몰라주고……. 내가 얼마나 힘들게 하고 있는지 엄마는 알기나 해. 엄마는 '해라! 해라!' 소리밖에 모르지. 진짜 나한테 관심이나 있고 내가 뭐가 힘든지 물어본 적 있어?"

마구 소리를 지르고 집을 나온 동기는 농구공을 들고 놀이터로 갔다. 어둑어둑 어둠이 깔린 놀이터 마당에 농구공을 튀겼다.

'그래, 나 같은 사고뭉치 찌질이가 무슨 공부를 하겠어. 해 봤자 알아 주지도 않는 거. 나도 잘해 보고 싶다고. 나도 열심히 하고 싶고 잘하고 싶다고. 그런데 잘 안 되는 걸 어떡해.'

동기는 있는 힘껏 농구공을 쳤고 빈 놀이터에 텅텅 소리를 내며 공은 높이 튀어 올랐다. 답답함을 풀어 보려 더 힘껏 공을 쳤다. 그리고 골대를 향해 공을 던졌다.

"동기야!"

아빠였다.

어두워진 놀이터 벤치에 아빠와 나란히 앉았다.

아빠는 담배에 불을 붙여 길게 연기를 뿜어 올렸다. 아빠는 생각에 잠겼다. 원칙을 지키자니 아들에게 좌절을 안겨 줄 것 같고 모

른 척하자니 약속을 깨는 것 같아 아빠도 고민 중이다. 그냥 묵인하고 넘어가기에는 아빠에게 너무나 큰일이기 때문이다. 말없이 아빠는 담배만 피웠다.

동기는 엄마에게 큰소리 치고 나왔지만 사실은 미안함과 죄책감에 마음이 힘들었다. 그리고 자신은 없지만 나름대로 남몰래 노력했다 좌절했던 순간들에 대해 억울한 마음도 들었다.

아무도 자신의 눈물겨운 노력에 대해서는 알려 하지 않기 때문이다. 동기 역시 뭐라 말하지 못한 채 침묵만 지켰다. 머릿속에 생각이 가득했다. 그리고 결국 오늘의 메뉴로 생각이 옮아갔다.

'방법은 그것뿐이야. 그거라도 이겨서 자존심도 회복하고 노력했다는 걸 보여 줘야 해. 공부로 만회하고 보여 주기에는 시간이 너무 걸리잖아. 그리고 무엇보다 자신도 없고.'

아빠도 동기도 오랫동안 아무 말이 없었다. 멀리 아이들 소리, 차 소리가 들려오고 어둠은 더욱 더 짙어갔다. 두 사람을 찾아 나선 엄마는 말없이 앉아 있는 두 부자의 모습에 마음이 아팠다.

한바탕 난리를 치른 저녁. 아빠의 제안으로 근처 중국집에 갔다. 식탁에 둘러앉아 늦은 식사를 하며 아빠는 침묵을 깨고 어렵사리 입을 열었다.

"아빠는 최근 너의 행동들에 대해 할 말이 없다. 화가 많이 나고 실망스럽고 걱정스럽기 그지없다. 한편으론 처음 약속처럼 원칙대로 요리를 그만두게 하는 게 맞다고 생각하지만, 그렇게 하자니 네가 너무 실망하고 좌절할 거 같아 다시 생각을 해 보았다. 엄마 의견도 있고 그래서 너에게 한 번 더 기회를 줘 보기로 했다."

동기는 고개를 들어 아빠를 보았다. 정말 아빠도 고민을 많이 했다는 걸 단번에 알 수 있었다.

"……."

"거짓말이 가장 나쁜 것은 자신과의 약속을 깨고 신의를 저버리는 일이기 때문이다. 타인과의 약속만이 중요한 것이 아니다. 자신과의 약속을 지키지 않으면 자신을 믿지 못하고 자신에 대해 존중하는 마음이 생기질 않는 법이다. 공부는 자신과의 약속이고 자신에 대한 책임감이다."

동기는 묵묵히 아빠의 말에 귀를 기울였다. 아빠의 말이 전에 없이 힘이 느껴지고 가슴에 와 닿았다.

"공부를 하는 것이 누구에겐 쉽고 누구에겐 어려울 수 있다. 아마도 우리 동기에게는 좀 더 어려운가 보다. 그건 아빠도 이해를 한다. 하지만 힘들고 어려운 것을 참아 내야 하는 순간은 누구에게

나 있는 법이다. 참을성을 가지고 하다 보면 동기 너도 할 수 있을 거다. 아빠는 우리 아들을 믿어.”

너를 믿는다는 아빠의 말에 눈시울이 뜨거워졌다. 그리고 생각했다.

‘그래, 정말 뭐든 하려면 힘들고 지루한 순간을 참아 내고 공부를 해야 하는지도 몰라. 아빠의 말이 정말 맞는 말인지 몰라.’

아빠로부터 한 번 더 기회를 얻은 동기는 더욱 분발했다.

오늘의 메뉴 선정에 모든 희망을 걸었다. 마지막 날 엄마의 도움으로 리포트를 작성했다. 엄마와 함께 아이디어를 짜내고 연습을 했던 많은 감자 메뉴들을 놓고 최종적으로 고민을 했다. 결국 가장 화려하고 많은 재료를 활용하는 삶은 감자 샐러드로 결정했다. 삶은 감자를 깍둑썰기하여 파프리카와 여러 가지 야채를 넣어 올리브오일에 버무리고 베이컨으로 마무리 하는 요리이다. 요리의 제목은 동기가 고집을 부려 ‘브로콜리 너 마저’ 라고 지었다. 동기가 좋아하는 밴드 이름이다. 기발함이 돋보이는 제목이라고 엄마도 좋아했다.

드디어 오늘의 메뉴 선정의 날, 동기는 떨리는 마음으로 식당으로 갔다. 바른이는 이미 식당에 와 있었다. 화재 사건 이후 바른이는 동기에겐 눈길도 제대로 주지 않는다. 동기는 기분이 나빴지만 꾹 참았다. 오늘의 메뉴에 당당히 선정이 되어 자존심을 회복한 뒤에 생각하기로 했다.

바른이의 요리는 샐러드를 곁들인 삶은 감자 베이컨말이였다.

'그렇게 쉬쉬하며 비밀리에 진행을 하더니 고작 베이컨말이야?'

동기는 마음속으로 비웃었다. 그리고 이길 수 있다고 자신했다. 왜냐하면 바른이의 메뉴에 비하면 자신의 메뉴가 훨씬 화려하고 풍성하기 때문이다.

"자, 이제 같이 요리를 하도록 한다."

두 사람이 제출한 리포트를 바탕으로 직접 요리 시연이 펼쳐졌다. 물론 꽁지머리 사부의 감독 하에 이루어졌다. 화재 사건 이후 불을 쓰는 일은 더욱 엄격해졌다. 바른이는 껍질째 삶은 감자를 8등분하여 기름을 뺀 베이컨을 말아 오븐에 구워 샐러드를 곁들였다. 샐러드는 오목한 모양의 양상추에 새싹채소들을 담아 내는 것이었다. 단순하고 간단하여 바른이는 천천히 하고도 시간이 남았다.

반면 동기는 만져야 할 야채도 많고 베이컨도 일일이 다져서 기름을 빼야 하고 일이 아주 많았다. 게다가 브로콜리는 어떻게 해야 할지 도저히 기억이 나지 않았다. 집에서 연습할 땐 미리 엄마가 준비를 다 해 놨기 때문이다.

'색깔이 파랬으니까 아마도 익히지 않았을 거야.'

동기는 브로콜리를 보기 좋게 잘랐다. 그리고 올리브 오일과 포도 식초, 소금, 설탕을 섞어 소스를 만들었다. 시간이 이미 너무 많이 흘러 바른이는 끝내고 기다리는 상태였다. 오븐에서 꺼내 담기만 하면 된다. 동기는 아직 베이컨을 볶고 있었다. 그때 꽁지머리 사부가 종료 시간을 알렸다.

"차, 이제 그만! 동기는 그대로 마무리하고 서빙 준비해서 테이블로 가자."

재료가 너무 많아 동기는 허둥지둥 하느라 작업대는 엉망진창이 되어 버렸다. 땀을 뻘뻘 흘리는 동기에 비해 바른이는 너무나 담담하고 여유로웠다. 음식을 접시에 담아 테이블에 세팅을 마쳤다. 동기도 겨우 마무리를 하여 테이블로 음식을 내갔다.

드디어 심판의 순간! 바른이의 삶은 감자 베이컨말이를 시식했다.

"아주 평범하고 무난한 맛이군!"

꽁지머리 사부의 총평이었다. 이어 동기의 삶은 감자 샐러드의 시식이 이어졌다.

"약간 시구나!"

동기는 할 말이 없었다. 사실 소스를 만들 때 제대로 계량을 하지 않아 엄마랑 연습한 그대로 하지 못했다. 샐러드 소스에 포도 식초가 많이 들어간 모양이었다.

"……."

"브로콜리는 데치지 않았어?"

"샐러드라 그냥 넣었는데요."

꽁지머리 사부는 어이없다는 듯 웃었다.

"자, 이제 결정을 해야겠구나. 이건 경합도 아니고 아이디어를 내보자는 차원에서 한 것이니까 결과에 너무 맘 상하지 않았으면 좋겠다."

바른이와 동기 사이에 팽팽한 긴장감이 흘렀다.

"오늘의 메뉴는 바른이가 만든 삶은 감자 베이컨말이로 결정하겠다."

순간 동기는 온몸에 힘이 주욱 빠졌다. 자신의 귀를 의심했지만 바른이의 웃는 얼굴이 현실임을 말해 주었다. 바른이는 두 팔을 벌려 만세를 불렀다. 순식간에 동기의 얼굴에 먹구름이 드리웠다.

"나동기! 너무 실망하지 마. 이건 그냥 연습 차원에서 기회를 준 거야."

동기는 정말 그 자리에 주저앉아 버리고 싶었다.

"바른이의 요리는 사실 너무 평범하고 무난해서 재미는 없어. 하지만 그래도 무리가 없고 브런치 메뉴라는 기본에 충실하게 만들었어. 그래서 선정하게 되었다. 반면 동기의 요리는 창의적이고 아이디어가 번득이고 보기는 좋아."

동기는 혹시 하는 기대감에 귀를 쫑긋 세웠다.

"그런데 기본을 좀 놓친 것 같아 아쉽네. 너무 많은 재료들이 들어가다 보니 주재료의 맛이 살지 않았어. 사실 좀 아쉬워. 조금 더 연구해서 정리하면 아주 멋진 메뉴가 탄생할 수도 있을 거 같아."

꽁지머리 사부는 그가의 동기의 노력에 대해 칭찬을 했지만 동기는 귀에 들어오지 않았다. 결과는 패배였으니까. 고개를 들지 못한 채 꽁지머리 사부의 이야기를 들었다. 한마디도 귀에 들어오지 않았고 아득하기만 했다.

"나동기, 너무 실망하지 말고 기회는 또 얼마든지 있어. 누누이 말하지만 기본에 충실하고 좀 더 공부하고 훈련하면 아마도 정말 좋은 요리를 만들 수 있을 거야.”

동기는 온몸의 힘이 빠지고 다리가 후들거렸다.

“동기는 열정이 있어. 하고자 하는 그 열정이 가장 큰 장점이야. 열정이 있으니까 아이디어도 많고 의욕도 넘치는 거야. 하지만 그 열정이란 것은 활활 타오르는 불과 같아. 그 열정을 꽃 피울 수 있는 것은 연습과 훈련, 공부라는 사실을 잊지 말았으면 좋겠다.”

꽁지머리 사부는 흐뭇한 눈으로 동기를 바라보았다. 공부를 통해 그 열정을 꽃피우길 진정으로 바란다는 말을 끝으로 그날의 수업은 끝이 났다.

식당을 나온 동기는 어둠이 내린 동네 골목길을 터덜터덜 걸었다. 울고 싶었다. 울컥 눈시울이 뜨거워졌지만 꾹꾹 참았다. 이런 상황에 눈물까지 흘린다면 정말 자신이 싫어질 것 같았다. 지금까지 자신이 기울인 노력을 생각하니 억울한 생각이 들었다.

‘이건 정말 너무해. 내가 얼마나 노력을 많이 했는데, 내 요리가 뭐가 어때서 그래?’

동기는 도저히 이해할 수 없었다.

‘삶은 감자에 베이컨이나 둘둘 말은 것도 요리라고! 그것보다 못하다니 말도 안 돼.’

자꾸 화가 났다. 도저히 받아들이고 싶지 않았다.

'저 하찮은 베이컨말이에 밀리다니 말도 안 돼! 이건 분명히 사고 친 것 때문에 탈락시킨 거야. 그런 거야.'

동기는 화재 사건 때문에 자신이 억울하게 탈락되었다고 생각했다.

'집에 가서 뭐라고 말하지?'

한숨을 내쉬었다. 뭐라 말을 할지 고민하다가 동네를 몇 바퀴 돈 후 동기는 집으로 발길을 옮겼다.

현관문을 열자 엄마가 흥분된 목소리로 동기를 맞았다.

"늦었네. 어떻게……."

엄마는 질문을 하려다 동기의 굳은 얼굴을 보더니 말을 아꼈다.

"바람이나 쐬러 갈까?"

"아니!"

"외식 할까?"

"……."

엄마는 조용히 문을 닫고 나갔다.

동기는 침대 속으로 들어가 이불을 머리까지 덮었다. 공부에 좌절하고 요리에 실패한 자신의 처지가 한없이 처량했다. '바보! 멍청이!' 혼잣말로 되뇌었다. 엄마는 스파게티를 만들며 동기에게 '이거 하자. 저거 해라.' 하며 기분을 풀어 주려 애를 썼다. 눈물을 참으며 엄마의 요구에 따라 완성한 스파게티를 앞에 두고 엄마와 마주 앉았다. 어딘가로 꺼져 들어갈 것 같은 무겁고 어색한 침묵이 흘렀다. 달그락 달그락 포크질 하는 소리와 후루룩 스파게티 먹는 소리 뿐 어느 누구도 말이 없다. 동기는 점점 자신의 처지가 못마땅하고 슬퍼졌다. 울컥 울컥 무엇인가 복받쳐 올라왔다. 도저히 그 자리에 있을 수가 없었다. 혼자 있고 싶었다. 자리를 박차고 일어나 방으로 들어갔다. 이불에 얼굴을 묻고 소리 없이 울었다. 정말로 많이 울고 싶을 땐 소리도 나오지 않는 모양이다. 눈물 콧물이 범벅이 되어 잠속으로 빠져들었다. 동기 요리 인생 최대 비극의 날은 그렇게 막을 내렸다.

"동기야, 어떻게 된 거야. 유정이 얘기가 무슨 소리야. 바른이한테 진거야?"

눈치 없는 기철이가 호들갑스럽게 물었다.

"더 이상 묻지 마라!"

동기는 누구든 그 일에 대해 아는 척 하는 것이 화가 났다. 단짝인 기철이일지라도 싫었다. 다들 이 일이 없었던 듯 모른 척해 주기를 바랐다. 그러나 반 분위기는 전혀 아니다. 바른이는 자신의 요리가 꽁지네 식당 추천 메뉴가 되었다고 은근슬쩍 자랑을 늘어놓았다. 아이들은 그런 바른이를 대단하다고 추켜세웠다.

그날 내내 바른이는 아이들 관심의 중심에 있었고 동기는 쓸쓸히 그 모습을 지켜보아야 했다. 얼핏 바른이와 눈이 마주칠 때마다 땅으로 꺼져 버리는 기분이었다. 아무 말도 하기 싫었다. 온종일 가시방석이었다. 수업이 끝나기만을 기다렸다. 다들 자신을 비웃는 것 같아 얼른 교실을 벗어나고 싶었다. 잘난 척하더니 겨우 그것밖에 안되냐고 말하고 있는 것 같았다. 동기는 입을 꾹 다문 채 하루를 보냈다. 세상은 이긴 자의 것이고 패자는 말이 없는 법이니까. 흠씬 두들겨 맞고 케이오 패 당해 링을 내려오는 권투선수처럼 쓸쓸히 학교를 나섰다.

'뭐 하나 제대로 되는 일이 없네. 정말 나는 공부처럼 요리도 안되는 거야?'

가슴이 먹먹했지만 달리 어찌할 방법이 없다. 갈 곳도 없고 만나고 싶은 사람도 없다. 기철이마저 이런 동기의 마음을 헤아리지 못하는 것 같았다. 사실 이렇게 동기가 모든 것을 걸고 마음을 많이 쓴 것을 아는 사람은 아무도 없다. 함께 준비한 엄마조차도!

동네 놀이터 그네에 앉아 시간을 보내다가 집으로 왔다. 현관문을 열자 엄마는 유난히 밝고 생생한 목소리로 동기를 맞았다. 동기는 그런 엄마도 못마땅했다. 자신이 불쌍한 처지가 된 것 같아 싫었다. 배고프지 않느냐, 뭘 좀 먹지 않겠느냐는 엄마의 말에 대답도 없이 방으로 들어가 버렸다. 가방을 던진 채 침대에 쓰러졌다. 하루 종일 학교에서 아이들의 시선을 피하느라 얼마나 긴장을 했던지 피로가 밀려왔다. 그대로 잠이 들어 버렸다.

오늘의 메뉴에 당당히 뽑혀 꽁지머리 사부에게 인정받고 바른이에게 자존심을 회복하고 싶었다. 그런 동기의 기대와 희망은 한순간에 물거품이 되어 버렸다. 동기는 그것을 위해 엄마의 잔소리도 바른이의 왕무시도 견디며 꿋꿋이 버텨 왔다. 하지만 이제는 그럴 이유가 없어져 버렸다. 한톤 높던 목소리는 가라앉고 말 수도 줄었다. 굴속으로 숨어 들어가는 너구리처럼 잔뜩 움츠려들었다. 수학 시험을 망쳤을 때도 이렇게까지 좌절하진 않았다. 상처가 컸다. 스스로 괜찮다고 위로를 해 보지만 넘어진 마음은 쉬 일어나지질 않았다.

꽁지네 식당에 가고 싶지 않았다. 바른이와 함께 다시 요리를 하는 것도 영 불편했다. 꽁지머리 사부를 볼 면목도 없었다. 그래서 요리 수업을 두 번이나 빠졌다. 요리 수업을 그만둘까 하는 생각까지 했다. 인정받고 이기고 싶은 마음이 빠져나간 자리에는 공부를 해야 한다는 부담감만 밀려들었다.

'이러다간 정말 바보가 되어 버리고 말 거야. 이건 아니야. 요리 수업 따윈 안 하고 공부를 할 거야.'

동기는 자주 책을 폈다. 제일 싫어하고 제일 구제불능인 수학책을 폈다. 예전에는 엄마에게 보이기 위해, 공부하는 모습을 내세우기 위해 책을 폈지만 이제는 나를 위해 책을 폈다. 뭔지 모르게 그래야 할 것 같은 마음이 들었다. 그러나 늘 그랬듯 공부는 동기를 도와주지 않았다. 여전히 어렵고 여전히 지루하고 여전히 피하고 싶은 것이었다.

'공부가 요리처럼 재밌으면 얼마나 좋을까? 요리는 바른이를 이기는 것만 빼면 정말 재밌는데. 만날 깨지고 칭찬받지 못해도 재밌기는 한데.'

책은 보고 있지만 마음은 자꾸 식당을 향했다.

'바른이는 뭐를 할까? 또 어떤 새로운 걸 배웠을까? 달콤한 디저트도 만들 텐데.'

식당에 가지 않고 있으니 요리 수업이 더욱 궁금해졌다.

　동기가 요리 수업에 결석을 하자 꽁지머리 사부는 바른이를 시켜 동기를 불렀다. 동기는 망설이다 오늘의 메뉴 선정 이후 처음으로 식당을 찾았다. 식당 입구에는 바른이의 요리가 새로운 메뉴의 대열에 자랑스럽게 걸려 있었다. 동기는 담담한 척 지나쳤지만 속이 상했다. 어색한 목소리로 꽁지머리 사부에게 인사를 하며 식당에 들어서자 사건 사고 끊이지 않았던 작업대와 조리 기구들이 동기를 반겼다. 감회가 새로웠다.

"오랜만에 나타나셨습니다. 소심한 예비 셰프님!"

아무 일도 없던 듯 유쾌하게 꽁지머리 사부가 말을 꺼냈다.

"왜 이렇게 수업을 많이 빠져? 요리를 안 할 생각인가?"

"엄마 아빠가 공부하라 그래서 공부 좀 해 보려구요."

"공부? 해야지!"

꽁지머리 사부는 의미심장하게 웃었다.

"공부는 잘 되니?"

"……."

할 말이 없었다. 책 펴 놓고 딴 생각과 레슬링을 한다는 말을 어떻게 할 수 있겠는가! 동기는 고개를 숙인 채 듣고만 있었다.

"요리가 재미없고 좋지 않다면 그만둬야지. 요리에 흥미가 없는 거니?"

"잘 모르겠어요."

꽁지머리 사부의 질문에 동기는 혼란스러웠다.

"그렇게 쉽게 포기할 거라면 아예 시작하지 않는 편이 더 낫지. 세상에 맘먹은 대로 그저 되는 일이란 없거든. 무슨 일이든 어려움을 참고 견디며 공부해야 하는 과정이 필요한 법이란다. 그러니까 원하는 것을 얻으려면 어떤 어려움도 참아 내며 배우고 수련하겠다는 결심이 있어야겠지. 그건 공부도 마찬가지일걸?"

'공부'라는 말에 동기는 가슴이 뜨끔했다.

"그리고 이렇게 무작정 수업에 빠지는 것은 옳지 않아. 이건 무책임한 행동이지. 그만두겠다고 결정할 때까지는 수업에 오노록 해."

꽁지머리 사부는 잘 생각해 보고 자신에게 가장 좋은 결정을 하라고 충고했다.

요리노트
4

혼이 난 사람은 난데 달라진 건 오히려 아빠다.
퇴근 시간도 빨라지고 술 약속도 줄었다. 그리고 부쩍
나의 일에 관심을 보이신다. 유쾌한 일은 아니지만
그래도 예전처럼 날 힘들게 하는 건 아니다. 아빠가
좀 변했다. 외할머니가 그러셨다. 자식을 혼낼 때 부모는
마음속으로 더 호되게 자신을 매질하는 법이라고. 그리고
선생님들은 제자들을 가르칠 때 선생님 자신이 더 크게 배운다고.
정말 그렇다면 내가 아주 크게 혼이 났으니까 아빠는 아마
마음속으로 아빠 자신을 심하게 매질했을지도 모른다. 정말 잘하고
싶다. 이번만큼은! 잘해서 효도도 하고 싶다.

☺ **사부님 말씀!**

기회는 아무나 잡는 것이 아니다. 기회란 오랫동안 묵묵히 준비해
온 사람에게만 자신을 내주는 법!

☕ **곁다리** – 비록 오래 묵묵히 준비한 건 아니지만 기회를 잡고

싶다. 정말 잘해 보고 싶다. 그런데 시간이 너무 없다. 지금

이 사실을 예전에 알았더라면 ……. 아니 며칠 전에만 깨달았다면

얼마나 좋을까?

결전의 날 D-3일

나동기!! 유 캔 두 잇!! 바른이의 메뉴는 뭘까???

☕ 밥보다 감자?

✪ 알감자 샐러드와 크리미 갈릭 드레싱(출처 인터넷)-쩬 알감자, 오이,

파슬리가루, 마늘, 올리브 오일

✪ 매운 감자 샐러드와 프렌치 미소 드레싱(출처 샐러드의 모든 것)-

이건 너무 어려워!

✪ 감자전-감자를 강판에 간다. 체에 밭친다. 물을 버리고 감자 건더기를

팬에 부친다. 이건 너무 평범해.

✪ 감자 피자-부친 감자전에 야채를 토핑으로 얹고 피자치즈를 뿌려

전자레인지에 땡! 초간편 감자 피자

✪ 그 밖에 감자 스낵, 감자 그라탕, 감자튀김, 감자경단 등등

요리왕 대회

모든 것이 다시 제자리를 찾아가고 있었다.

동기의 좌절도 조금씩 옅어져 가고 있는 듯 보였다. 동기는 그저 아무 생각 없이 요리를 재미있게 했다. 예전처럼 사고를 치거나 혼이 나는 일도 없어졌다. 집에 오면 엄마가 잔소리를 하거나 안 하거나 스스로 공부를 하려고 노력했다. 물론 늘 집중을 하지 못해 씨름을 하긴 했다. 하지만 달라진 것은 힘들어도 책상에 앉아 있으려고 무진장 노력을 한다는 점이다.

바람 잘 날이 없던 동기의 인생에도 평화가 찾아오는 듯했다. 적어도 겉으로 보기에는. 그러나 속내를 들여다보면 공부와 씨름하면서 넘어지고 깨지고 일어서기를 반복하느라 치열하기 그지없었다. 성적을 올리겠다는 아빠와의 약속을 몰라라 할 수 없었기 때문이다. 동기는 나름 아무도 알아주지도 않고 성과도 없어 보이는 힘겨운 씨름을 홀로 하고 있었다.

그러던 어느 날. 동기의 잔잔한 생활에 파문을 던지는 소식이 전해졌다. 전국 초등학생 요리왕 대회가 열린다는 것이었다. 가슴이 두근거렸다. 외할머니 집에서 보았던 아이언 셰프 요리 배틀의 감동이 살아나 흥분을 감출 수 없었다. 세계 각지에서 꿈을 안고 몰려든 셰프들의 팽팽한 요리 배틀! 그 환상의 무대가 동기의 마음을 마구 흔들어 놓았었는데 현실에서 그런 무대가 펼쳐지다니! 가슴 뛰는 도전이기는 하지만 동기에게는 너무나 먼 이야기 같았다. 바른이와 둘만의 경쟁에서도 실패한 자신이 어떻게 전국 각지에서 모인 요리 영재들과 대결을 할 수 있을지 자신이 없었다.

'도저히 불가능한 일이야. 안 되는 일이야. 동네에서도 인정받지 못했는데 어떻게 전국 대회에 나가겠어.'

마음을 접으려 했다. 이런 동기의 마음을 알았는지 꽁지머리 사부가 동기를 불러 참가해 보자고 제안했다.

"저 자신 없어요. 나갔다가 창피만 당할 거 같아요."

꽁지머리 사부는 동기를 가만히 쳐다보더니 입을 열었다.

“글쎄 모든 대회가 꼭 상을 받을 수 있을지 없을지 승패를 계산해 보고 도전하는 것은 아니잖니?”

“그럼요? 대회는 상 받기 위해 나가는 거 아니에요?”

“물론 그렇지. 하지만 그 대회를 나가기 위해 준비를 하는 과정을 통해 성장하는 것이 상만큼이나 중요한 것 아닐까?”

“이론상으론 그 말이 맞죠. 하지만 저 오늘의 메뉴에서 탈락하고 난 뒤에 엄청 힘들었어요. 그때, 이제 대회나 대결 따위는 절대 안 하리라 결심했다니까요.”

꽁지머리 사부는 동기의 말에 고개를 끄덕이며 동기의 어깨를 토닥여 주었다.

“그래. 힘들었지?”

“네! 엄청이요.”

“왜 동기 너의 샐러드가 탈락한 줄 아니?”

“글쎄요?”

“네 요리도 아주 좋았어. 창의적이고 독특하면서 화려해서 눈길을 끌기에 충분했지. 그런데…….”

“그런데요?”

“의욕이 너무 넘쳤어. 브런치 메뉴라는 기본에 충실했어야 했고,

감자라는 주재료를 살리는 요리를 했어야 했어. 너무 욕심을 내서 이것저것 많이 넣다 보니 주재료의 독특한 맛이 살지 않았지.”

“너무 오버했다는 말씀이시네요?”

“그렇지. 요리가 다른 사람의 시선을 끌기 위한 것은 아니잖니? 보여 주기 위한 요리가 아니라, 먹는 사람을 생각하고 배려한 요리를 만들어야지. 기본에 충실하라는 것은 바로 그 이야기란다.”

동기는 아무 말 없이 고개를 끄덕였다. 마음이 누그러지는 듯했다. 그때 이 말을 들었더라면 그렇게 화를 내고 울지는 않았을 거라고 생각했다.

“결과에 너무 연연하지 말고 한번 도전해 보면 좋은 공부가 될 거고 많이 배우게 될 거야. 그리고 무엇보다 도전해 볼 만한 자격이 너에게는 충분히 있어. 생각해 봐.”

동기는 고민에 빠졌다. 엄마에게 의논하자니 엄마 생각대로 알 것 같아 부담스러워 혼자 어느 정도 결정한 다음에 엄마에게 의논해야 할 것 같았다.

며칠 동안 혼자 끙끙대며 고민하던 동기는 바른이가 대회에 출전한다는 소식을 들었다. 바른이의 출전 소식은 동기를 부추겼다.

‘나는 자신이 없어. 또 실패하면 어쩌지?’

동기는 고개를 흔들었다. 머릿속에 '안 돼, 안 돼.'라는 말만 떠올랐다.

'그래 안 될 거야, 하지 마 나동기.'

동기는 고개를 끄덕였다. 그러나 마음이 접어지지가 않았다. 곧 다시 마음 깊은 곳에서 들려왔다.

'나동기 너 요리가 하고 싶다며? 요리왕 대회 나가 보고 싶다며? 겁쟁이!'

동기는 자신에게 물었다.

'나동기, 너 왜 요리가 하고 싶은데?'

동기는 '좋아서.'라고 혼잣말을 했다. 좋은 것을 아무런 걱정이나 두려움 없이 할 수 있다면 정말 좋을 텐데. 동기는 대회가 아니라면 정말 좋겠다는 생각을 했다. 요리하는 것은 즐거우니까.

'그냥 이런 저런 생각 하지 말고 요리만 생각하고 한번 해 볼까? 꽁지머리 사부가 자격이 있다잖아. 승산이 있으니까 그러는 거 아닐까?'

동기는 마음의 결정을 내렸다. 이번에는 정말 잘 준비해서 자존심도 회복하고 바른이 코도 납작하게 해 주고 말리라 다짐했다. 동기는 주먹을 불끈 쥐었다.

요리왕 대회는 한 달 뒤. 참가를 결정하자 마음이 바빴다. 꽁지머리 사부는 동기와 바른이를 불러 둘이 한 팀이 되어 참가해 보자고 권했다.

"서로 장점은 살려 주고 단점은 보완해서 준비하면 아주 좋을 것 같다. 팀으로 참가하자."

갑자기 분위기가 얼어붙었다. 잠시 후 바른이가 침묵을 깨고 말문을 열었다.

"저 싫어요. 혼자 할래요."

바른이는 공부도 못하고 사고뭉치인 동기와 한 팀으로 나간다는 건 자존심 상하는 일이라 생각했다. 반면 동기는 잘난 척하는 바른이와 함께 나가 봤자, 조수 노릇이나 할 것 같아서 영 내키지가 않았다.

"저도 싫어요. 혼자 할 기예요."

동기는 이론을 테스트하는 퀴즈가 부담스럽기는 했지만 그래도 혼자 해 보기로 했다. 바른이는 요리 시연에서 동기의 아이디어가 도움이 될 것 같은 생각이 들기도 했지만 사고뭉치와 한 팀이 되기는 싫었다. 꽁지머리 사부가 설득하고 권유했지만 두 사람 모두 단호했다. 전혀 함께 나갈 생각이 없었다.

"그럼 각자 알아서 준비해라. 팀으로 나간다면 꽁지네 식당의 명예를 걸고 함께 준비를 하려고 했지만 너희들이 이 좋은 기회를 마다하니 할 수 없다. 개인적으로 각자 하도록 해라."

꽁지머리 사부는 이번 대회를 전적으로 두 사람에게 맡기고 관여하지 않기로 했다.

대회는 두 가지 영역으로 나누어져 있었다. 이론과 기본기를 겨루는 퀴즈 부문과 요리를 직접 시연하는 요리 부문이다. 아무것도 주어지지 않았고, 주재료와 부재료는 대회 당일 시작과 동시에 공개가 된다. 그러니까 순발력과 아이디어가 있어야 요리 부문에서는 유리하다. 동기는 다행이라 생각했다. 미리 재료가 공개되면 얼마나 다들 철저하게 준비를 하겠는가! 동기는 즉석에서 순발력을 발휘하고 반짝이는 아이디어를 필요로 하는 일에는 조금 자신이 있었다. 요리 부문의 경우, 동기에게 다소 유리한 점이 있다고 꽁지머리 사부도 동기에게 힘을 실어 주었다.

동기는 요리 부문은 별 문제 없이 할 수 있을 것 같았지만 퀴즈 부문이 무척 부담스러웠다. 예상 문제집이 있는 것도 아니고 이전 기출 문제가 있는 것도 아니다. 도대체 무엇을 공부해야 할지 몰랐다. 꽁지머리 사부가 준《요리의 기본》이란 두꺼운 책만 매일 넘기다가 잠이 들곤 했다.

대회 날은 점점 다가오고 동기와 바른이 모두 예민할 대로 예민해졌다. 동기는 공부 잘하는 바른이의 노트가 궁금해서 견딜 수가 없었다. 그 노트만 보면 감이 잡힐 것 같았다.

'분명히 예상 문제를 쫙 뽑아 뒀을 텐데. 좀 보여 주면 얼마나 좋을까?'

보여 달라고 하고 싶은 마음이 굴뚝같았지만 까칠하고 냉랭한 바른이는 곁을 주지 않았다.

대회가 며칠 앞으로 다가온 어느 날, 동기는 용기를 내어 바른이에게 갔다.

"야! 우리 서로 노트 좀 바꿔 보자. 난 퀴즈가 자신이 없어. 대신 요리 부문에 좋은 아이디어 엄청 많거든. 하루만 바꿔 보자."

동기는 노트를 내밀며 어렵게 말을 건넸다. 잔뜩 기대를 하면서.

"네가 퀴즈 자신 없는 게 나하고 무슨 상관이야. 나는 아이디어 따위는 필요 없어. 네 도움 같은 것도 필요 없어. 나는 너에게 주고 싶은 생각도 없고, 받고 싶은 생각은 더더욱 없어."

결국 바른이와 동기는 서로 아무런 도움도 주고받지 않은 채 각자 대회에 참가했다. 꽁지머리 사부는 안타까울 따름이었다. 선

의의 경쟁을 알기를 바랐고 나눔의 기쁨을 알게 해 주고 싶었지만 소용이 없었다. 서로가 서로를 이기고 싶은 마음이 너무 컸기 때문이다.

대회는 예전에 동기가 엄마하고 함께 와 본 적이 있는 체조 경기장에서 열렸다. 전국에서 온 100여 명의 아이들이 예선을 치르기 위해 경기장을 가득히 메웠다. 긴장이 돼서 그런지 몸이 떨리기까지 했다. 다행히 퀴즈 부문 경합은 비공개로 이루어졌다. 그런데 퀴즈를 하는 동안 동기는 정말 집으로 돌아가고 싶은 심정이 되었다. 너무 공부를 안 한 것이다. 몰라도 너무 몰랐다. 게다가 다른 아이들은 어쩌면 그렇게 잘 맞추는지. 도중에 포기해 버리고 싶었다. 바른이도 눈을 반짝이며 문제마다 척척 대답을 했다. 동기가 대충 채점한 것만도 바른이는 100점 만점에 85점 이상인 것 같았다. 동기는 반도 못 맞춘 것 같았다.

'기죽을 것 없어. 이게 다가 아니잖아. 요리가 있잖아. 요리에서 만회하면 되는 거야. 힘내자!'

동기는 스스로를 위로했다.

퀴즈를 마친 뒤 요리 경합을 위해 공개 스튜디오에 아이들이 모여들었다. 바로 이어진 요리 경합. 드디어 재료들이 공개되었다.

전광판에 주제가 나왔다. '친구 생일입니다. 친구를 위해 요리를 만들어 봅시다!'

친구를 위한 생일 요리가 주제였다. 주재료는 삶은 고구마. 부재료는 여러 가지 야채와 과일, 치즈와 소시지, 여러 가지 소스들까지 다양했다. 삶은 고구마를 이용해서 무엇이든 만들어 보라는 이야기였다. 제한 시간은 50분!

동기는 잠깐 동안 눈을 감고 생각했다. 무엇이 좋을지. 언젠가 엄마와 함께 만들었던 고구마 피자를 떠올렸다.

'피자를 만들자! 그런데 피자는 너무 평범하지 않을까?'

건너편에 바른이를 보니 얼굴이 새까맣게 타들어 가고 있었다.

'시간이 없어 망설이지 말고 소신대로 하자. 욕심내지 말고.'

자신에게 주문을 걸었다. 순간 재료 부스에 놓인 과일과 시리얼이 동기의 시선을 붙들었다.

'그래, 과일과 시리얼을 곁들여 보자. 그런 피자는 아마 세상 어디에도 없을 거야.'

바구니를 들고 재료를 골라 왔다. 얼핏 보니 바른이는 견과류와 카스테라 빵을 가져갔다. 요리를 하는 동안에는 서로 말을 해서는 안 된다. 바른이에게 무엇을 할 것인지 물어 보고 싶었지만 규칙

위반이니 할 수도 없고 답답하기만 했다.

동기는 요리를 만들기 시작했다. 가장 먼저 삶은 고구마를 으깨어 도우를 만들기로 했다. 그리고 야채들은 전자레인지에 살짝 익혀서 도우 위에 얹었다. 그리고 사과, 감, 귤로 정성스럽게 장식을 하고 치즈를 그 위에 올렸다. 그런 다음에는 마지막으로 시리얼을 살짝 뿌려 오븐에 넣었다. 자, 이제 피자가 잘 익기를 기다리자. 동기는 피자가 익어 가는 동안 차분하게 뒷정리를 했다.

머리를 들어 전광판을 보니 마감 5분전이라고 떴다. 어! 그런데 오븐을 보니 '잔여 시간 10분' 이었다. 아니, 이런. 동기는 허둥대기 시작했다. 결국 할 수 없이 마감 1분 전에 피자를 꺼냈다. 잔여 시간을 모두 채우지 못했지만 할 수 없었다. 심사를 받으려면 빨리 테이블에 세팅을 해야 했다.

요리 세팅을 마치자 바른이가 궁금해졌다. 바른이도 거의 초죽음이 되어 있었다. 바른이는 고구마 경단을 만든 모양이었다. 언젠가 한번 꽁지머리 사부와 함께 만든 적이 있는 것이다. 고구마를 으깨 경단을 만들어서 안에 견과류를 넣고 카스테라 빵 고물을 묻히는 요리다.

드디어 심사위원들이 떴다. 5명의 위원들은 돌아다니면서 미완

성인 요리에 빨간 깃대를 꽂았다. 그 요리들은 자동 탈락이다. 시간을 맞추지 못했기 때문이다.

동기 앞쪽으로 심사위원들이 다가왔다.

'제발, 하느님 저에게도 기회를 주세요.'

동기는 마음속으로 기도했다. 심사위원들이 동기의 요리를 살펴보았다. 기도가 통했는지 동기는 다행히 빨간 깃대의 불명예는 면했다.

어떻게 지나갔는지도 모르게 채점판을 든 심사위원들이 동기가 만든 요리를 시식하고 지나갔다. 그런데 정말 아무 기억도 나지 않았다. 심사위원들이 무어라고 말을 했는지 어떤 표정이었는지 하나도 기억이 나지 않았다. 이제 결과를 기다리는 일만 남았을 뿐이다.

긴장된 심판의 시간이 모두 지나가고 대회는 막바지에 다다랐다. 심사위원들은 모두 자리로 돌아갔다. 이제 발표의 시간이다.

100여 명의 예선 참가자들 가운데 스무 팀만이 한 달 뒤에 열리는 본선에 진출을 하게 된다. 동기는 떨리는 마음으로 자신의 이름이 불리기를 간절히 기다렸다.

한 사람 한 사람 이름이 불렸다. 제주도에서도 참가를 했다. 동기는 한 사람 한 사람 불릴 때마다 번호를 매겼다.

'열 둘! 나동기, 나동기.' 이름이 불리기를 간절히 바랐다. '열 여덟! 열 아홉!' 온몸에 힘이 쫙악 빠졌다. '스물!' 마지막 이름까지 모두 불렸지만 나동기 이름은 불리지 않았다. 바른이의 이름도 없었다. 눈물이 왈칵 쏟아질 것 같았지만 울 수가 없었다. 어떤 아이는 엉엉 소리 내서 울기도 했다. 바른이 역시 핏기 없는 얼굴로 꼼짝 못하고 서 있었다. 눈가가 빨갛게 상기된 걸로 봐서 바른이도 울음을 참고 있는 것이 분명했다.

잠시 후 엄마들과 꽁지머리 사부가 뛰어 내려왔다. 꽁지머리 사부는 채점표를 보고는 고개를 끄덕였다. 마치 예상이라도 했다는 듯.

동기는 퀴즈에서 너무 점수가 낮아 요리 경합에서 그것을 만회하기엔 역부족이었다. 그래도 요리 점수는 잘 나온 편이라고 했다. 반면에 바른이는 퀴즈에서는 거의 만점을 받았는데, 정작 요리 부문에서 너무 안전한 요리를 만드는 바람에 창의성이 부족하다는 평가를 받게 되어 좋은 점수를 받지 못했다. 결국 바른이와 동기는 똑같이 패잔병이 되었다. 둘은 쓸쓸히 대회장을 빠져 나왔다. 두 엄마들 역시 뭐라 위로의 말도 하지 못한 채 묵묵히 뒤를 따랐다.

요리명인전 책을 읽었다. 명인들이 말하는 요리하는 사람의 마음가짐은 첫째도 정성! 둘째도 정성! 요리에 필요한 건 오로지 인내와 끈기! 무턱히 공부하고 연습하고 해 보고 또 해 보고 잘 될 때까지 반복하는 것 뿐! 잘 될 때까지 하는 것이란다. 명인들은 최고의 자리에서도 끊임없이 공부한다. 꽁지머리 사부가 나에게 콩알 옮기기를 시킨 것도 바로 이 때문일까? 콩알을 옮기듯 하나하나 공부하란 뜻일까?

☺ 사부님 말씀!

좋아하는 사람을 위해 모든 것을 바치듯 원하는 일에 헌신하라.

감자의 변신! 감자의 진화! 아픔만 안겨 주었던 감자!

감자 샐러드의 특징 ―주재료인 감자가 주인공, 부재료가 많지 않다. 대신 다양한 소스로 맛을 낸다.

⊛ 다양한 메뉴들

감자 샐러드와 크리미 갈릭 드레싱

매운 감자 샐러드와 프렌치 미소 드레싱

통감자 베이컨 샐러드

비엔나식 감자 샐러드

☕ 앗, 나의 실수! 주재료인 감자의 맛을 살려서 단순하게!

⊛ 찾아볼 것—감자의 역사, 감자의 종류, 감자와 어울리는 식품들

두 번째 기회가 오다

　요리왕 대회에서 패배의 쓴잔을 마신 뒤 동기는 먼 여행에서 돌아온 기분이었다.

　실패가 남긴 상처가 아프고 힘들긴 했지만 뭔지 모를 편안함이 느껴졌다. 무겁게 지고 올라간 음식을 다 먹어치우고 가벼워진 배낭을 메고 산에서 내려오는 기분이랄까? 엄마는 뭔가 집착하던 것을 붙들고 있다가 놔 버릴 때 오는 편안함이라고 말했다. 솔직히 동기는 그게 뭔지 잘 모르겠다. 긴장이 풀리니까 몸도 마음도 자꾸만 푹푹 꺼져 내리는 것 같아 그냥 쉬고만 싶었다. 그 동안 대회 준비 때문에 잠도 설치고 얼마나 강행군을 했던가!

　결국 동기는 자리에 눕는 신세가 되었다. 열이 펄펄 끓어 아무것도 할 수가 없었다. 온몸은 마치 몽둥이로 흠씬 두들겨 맞은 듯 아팠다. 병원에서 주사를 맞고 약을 처방 받았지만 쉬 가라앉지 않았다. 의사 선생님은 무조건 쉬라고 했다. 학교도 가지 못하고 계속 잠을 잤다. 기철이랑 친구들이 다녀갔다. 엄마는 요리왕 대회에서 진 것 때문에 힘들어서 그렇다고 안쓰러워 어쩔 줄 몰라 했다. 난생처음 이틀이나 결석을 했다.

오후에 간신히 일어나 약을 먹고 다시 잠을 청하려는데 친구가 집으로 찾아왔다.

'아이 귀찮아. 누구야 또!'

짜증을 부리는데 그 친구를 보고 동기는 깜짝 놀랐다. 바른이였다. 동기는 잠깐 기다리라고 하고 방문을 잠근 채 옷을 갈아입었다. 땀에 젖은 파자마 차림으로 바른이를 만나고 싶지는 않았다.

"안녕하세요? 동기가 얼마나 아픈지 엄마가 가 보라고 해서 왔어요."

바른이가 어색하게 인사를 했다.

"많이 아프니?"

"으응, 그냥. 고마워 이렇게 와 줘서."

바른이는 엄마가 가 보라고 잔소리를 하는 바람에 왔다고 신경

쓰지 말고, 착각하지도 말라고 동기에게 못을 박았다.

'계집애, 그냥 그 말은 안 하면 안 되나? 걱정되어서 왔다고 하면 안 되냐?'

동기는 섭섭했지만 그래도 바른이의 이런 방문이 싫지는 않았다. 아니 좋았다.

엄마가 나가시자 바른이는 대회 이야기를 시작했다. 시간이 너무 촉박해서 거의 준비를 못해서 그렇게 되었다는 둥, 제대로 준비만 했으면 문제없었다는 둥, 심판이 공정하지 않았다는 둥 불평불만을 늘어놓았다.

"그래도 너보다는 내가 낫지. 대책 없이 낮은 점수를 받았으니 나라도 이렇게 병이 났을 거야."

바른이는 몇 번이고 동기와 자신은 경우가 다르다고 강조를 했다. 동기는 예전 같았으면 두 주먹을 불끈 쥐었을 덴데 오늘은 그런 마음이 들지 않았다. 그냥 바른이가 얼마나 좌절했을까 하는 생각이 들었다. 천하의 범생이 바른이의 체면이 말이 아니게 되어 버렸으니 그 자존심에 얼마나 힘이 들까 싶었다.

"난 패자부활전 안 나갈 거야."

바른이는 묻지도 않은 말을 하며 흥분을 했다.

"뭐 패자 부활전? 패자 부활전이 있대?"

"그깟 요리왕이 뭐라고. 관심도 없어."

바른이는 어깨를 으쓱하며 귀찮다는 표정을 지었다.

"그래, 이제 나도 관심 없어."

동기도 고개를 주억거렸다.

바른이가 가고 난 후 자리에 누워 있는데 잠이 영 오지를 않았다. 마음의 평화가 깨진 기분이 들었다.

'이게 다 바른이 때문이야.'

모두 끝났다고 생각했는데 패자 부활전이 있다는 이야기를 듣는 순간 이상하게 가슴이 쿵쾅거렸었다. 바른이 앞에서 내색은 하지 않았지만 동기의 마음에는 잔잔하게 동요가 일었다.

꽁지머리 사부가 해외 출장을 가는 바람에 동기는 요리 수업을 쉬게 되었다. 꽁지머리 사부가 식당을 비운 열흘 동안 동기는 집에서 빈둥거렸다. 공부도 하고, 게임도 하고, 친구들과 나가 축구를 하기도 했다. 하지만 마음 한구석이 휑하니 허전했다. 가만히 앉아 있질 못하고 자신도 모르게 티슈 조각을 만지면서 밀가루 반죽을 만들듯 주물럭대고 손가락을 치기도 했다. 도대체 마음의 안정을 찾지 못했다. 동기는 그것이 요리를 하고 싶은 마음 때문이란 것을 집에서 요리를 하면서 알게 되었다.

치즈 떡볶이를 만들어 엄마를 감동시켰고, 바빠진 엄마를 위해 설거지도 하고 야채를 깨끗이 다듬어 냉장고에 넣어 두기도 했다. 또 아빠가 좋아하는 김치찌개도 만들어 놀라게 했다. 동기는 요리하는 기쁨과 행복을 새삼 느끼게 되었다.

요리와 관련된 자료들을 찾아 차곡차곡 정리도 했다. 그리고 아빠와의 약속을 지키기 위해 자주 책상에 앉아 수학 문제와 씨름도 했다. 씨름 상대는 여전히 두려웠지만 이제는 시합도 하지 않고 기권을 하기는 싫었다. 그렇다고 공부가 쭉쭉 잘 된다는 것은 아니다. 다만, 예전처럼 못 견디게 싫지는 않았다. 언제부터인가 아는 문제가 하나 둘 보여서 그런 건가. 아무튼 엄마 아빠도 예전처럼 심하게 닦달하지 않으니까 그냥 하나씩 해 보자는 생각이었다.

그러면서도 가끔씩 동기의 마음을 잡아끄는 한 가지 상념이 있었다. 그건 패자 부활전에 대한 미련이었다. 엄마는 이제 그만큼 해 봤으면 됐으니까 요리는 재미 삼아 하고 공부에 신경을 쓰라고 했다. 이제 또 실패하면 자신감만 잃게 되고 공부하는 데도 도움이 안 된다고 했다. 아빠도 의욕만 잃게 될 거라고 패자 부활전은 안 된다고 했다. 아무래도 바른이 엄마랑 입을 맞춘 모양이다.

동기 역시도 실패할까 봐 두려웠다. 실패하면 또 더 많이 좌절할 것이고 그러면 너무 힘들어질 것 같았다. 그렇지만 그것만 아니라면 정말 한번 도전해 보고 싶었다.

'엄마 말대로 그냥 끝내 버려. 아니면 다시 한 번 해 볼까?'

마음을 접으려 해도 불쑥불쑥 생각이 떠올라 동기는 고민에 빠졌다. 쉽게 포기가 되지 않았다. 자꾸만 미련이 남았다.

패자 부활전에 나갈 결심을 못해 고민하고 있던 어느 날, 모처럼 외할머니가 집에 오셨다. 친척 결혼식 때문에 오신 것이다. 동기는 외할머니에게 고민을 털어놓았다. 아무리 마음을 접고 잊어 보려 해도 포기가 되지 않는다고.

"포기가 안 되면, 다시 해 보고 싶은 게지."

"네! 그런데 또 탈락하면 어떻게 해요. 전 그게 너무 무서워요."

"뭐 꼭 이겨야 하는 건 아니잖아. 그럼 올림픽에 참가하는 많은 선수들은 괜한 짓 하는 거야? 메달은 정해져 있는데 수많은 사람들이 도전을 하잖아."

"그건 그렇죠."

"다른 사람들 하는 것도 보고, 네 스스로 그간 배운 걸 한번 맘껏 발휘해 보고 그럼 되는 거지. 상 받으면 기쁘고 더없이 좋겠지만, 뭐 못 받아도 그런 경험을 한다는 게 재밌잖아. 그리고 대회를 준비하다 보면 얼마나 많이 공부하겠니? 그게 바로 남는 거지. 그래서 과정이 더 중요하다는 말을 하는 게야."

"외할머니 말씀 들으니까 해 보고 싶기도 한데, 바른이는 그까짓 것 안 나간다고 해요. 별로래요."

"저런 똘똘한 바른이가 지난번 일로 많이 힘들었나 보구나. 외할머니 생각에는 바른이도 겁이 나서 그런 것 같은데?"

"맞아요. 걔는요, 한 번도 지거나 실패해 본 적이 없을 걸요. 그래서 이번에 좌절한 거죠."

"그럼 동기 네가 바른이한테 나가자고 해 봐. 그렇게 의기소침해 있을 때 손잡아 주고 용기를 주는 게 친구잖아."

"제 말을 들을까요? 꼭 제가 아쉬워서 사정하는 것 같잖아요. 제가 왜 그래야 해요. 하면 그냥 저 혼자 하면 되지."

"바른이가 하겠다고 한 것도 아닌데 동기가 먼저 바른이 이야기를 꺼냈잖아. 그걸 보면 우리 동기가 아마도 바른이와 함께 해 보고 싶은 게야. 그렇지?"

외할머니는 동기의 마음을 너무나 잘 알고 계셨다.

"네가 먼저 함께 하자고 해 봐. 친구를 위해서 한번쯤 마음 불편한 일을 해 보는 것도 괜찮아. 한 번도 그래 본 일 없지? 사람이 자기만 알면 못써. 그럼 마음이 큰 사람이 못 된단다. 외할머니는 동기가 그렇게 자기만 알고 사는 속 좁은 사람이 되는 건 싫은데?"

외할머니는 동기의 고민에 숙제거리 하나를 덤으로 얹어 주고 가셨다. 패자 부활전에 바른이와 함께 하라는 숙제였다.

동기는 외할머니의 말씀에 용기를 얻어 바른이를 찾아갔다. 여전히 도도하고 잘난 척하지만 예전과는 조금 달랐다. 우선 동기의 말을 들어주고 응대를 하지 않는가! 전에는 상상도 못할 일이었다.

동기는 아주 솔직하게 자신의 이야기를 털어놓았다.

"내가 공부는 좀 부족하잖아. 너도 알다시피. 그래서 말인데, 바른이 네가 날 좀 도와주면 안 되겠니? 나 혼자는 힘든데 만약 네가 퀴즈 부문 공부를 좀 도와주면 잘할 수 있을 것 같아."

동기의 이야기를 들은 바른이는 한참 동안 말이 없었다. 동기의 솔직한 자기 고백에 놀란 모양이었다. 자신의 부족한 점을 남에게 드러내놓고 솔직하게 이야기 하는 동기의 용기에 바른이의 마음도 움직이고 있었다.

"난 사실 너 처음 봤을 때 정말 쳐다보기도 싫었어. 사고뭉치 무대책에 유치하다고 생각했거든. 그런데 요리 수업 하면서 보니까 너도 참 장점이 많더라. 재미있고 유쾌하고 아이디어도 많잖아. 단지 공부가 좀 부족해서 그렇지. 나는 너의 그런 호기심과 톡톡 튀는 아이디어가 늘 부러웠어."

바른이의 말에 동기의 얼굴에 어색한 웃음이 피어났다.

"바른아, 우리 같이 나가 보면 안 될까? 내가 너를 도와줄게. 뭐 그다지 도움이 될지는 모르겠지만."

그런 동기의 모습에 바른이도 쑥스러운 미소로 답했다.

"부모님들께는 비밀로 하자. 우리 엄마는 이제 요리는 그만하고 공부나 하라고 하셔. 요리는 그냥 재미 삼아 시간 날 때나 방학 때 하라고……."

동기가 말했다.

"우리 엄마도 그러시지. 아주 요리라면 발끈하셔. 반대하고 그러시면 우리도 힘 빠지니까 우선은 비밀로 하고 나중에 본선 나가게 되면 그때 말씀드리자."

바른이의 제안에 동기는 박수까지 치며 동의를 했다. 부모님들이 알게 되면 분명 또 벽에 부딪힐 게 뻔했다. 혼자가 아니라 바른이와 함께 하게 된 것이 동기는 무엇보다 든든하고 기뻤다.

패자 부활전은 요리 시연은 하지 않는다. 요리 레시피를 리포트 형식으로 자세하게 제출을 하면 그것으로 채점을 했다. 그리고 대회 당일 날 퀴즈를 통해 상위권에 오른 두 개 팀을 뽑게 된다. 만만치 않은 도전이기에 바른이도 동기도 최선을 다해 준비하기로 했다.

동기와 바른이는 요리 수업이 시작되기 전에 미리 만나 서로 아이디어 회의도 하고 퀴즈 공부도 함께 했다. 동기는 요리 수업을 마치고 집으로 돌아와서도 오로지 멋진 메뉴를 만들어 내는 일에만 몰두했다. 또 적어도 자신 때문에 실패하는 일은 없도록 하기 위해 퀴즈 공부에도 열심히 최선을 다했다.

생각해 보니 이건 전혀 동기답지 않은 행동이었다. 기철이가 범생이 닮아간다고 놀려댔다. 그것도 기분이 나쁘지 않았다.

'내 인생에 이렇게 공부를 열심히 했던 적이 또 있었을까?'

자신이 생각해도 신기하기만 했다.

패자 부활전이 열리는 날 아침, 동기는 새벽같이 눈을 떠서 준비를 하고 조용히 집을 빠져나왔다. 지하철역에서 바른이를 만났다.

둘은 지하철을 타고 가면서 내용을 함께 검토했다. 바른이는 자기 노트를 꺼내 퀴즈에 나올 내용들을 꼼꼼히 챙겼다. 정말 바른이는 정리 하나 만큼은 똑 소리 나게 잘했다. 동기는 바른이가 공부를 잘하는 이유가 늘 궁금했었는데, 이번 패자 부활전 준비를 하면서 어렴풋하게나마 알게 되었다. 그리고 바른이의 공부병이 자기에게도 옮겨 온 것 같은 생각이 들었다.

동기와 바른이가 대회장에 도착했다.

분위기 때문인지 평소에 차분하기로 소문난 바른이도 긴장을 했다. 바른이는 몇 번씩이나 화장실을 들락거렸다. 행사장으로 들어가며 동기는 바른이와 눈을 맞추었다. 고개도 서로 끄덕였다. 동기는 두 주먹을 불끈 쥐어 보였다. 두 사람은 함께 파이팅을 힘차게 외치며 대회장으로 들어갔다.

"아자, 아자. 파이팅!"

최고의 점수

　세상은 도전하는 자의 몫이라고 했던가! 패자 부활전에서 동기와 바른이는 승리했다. 동기도 열심히 했지만 바른이의 공이 컸다. 아무튼 두 사람은 서로 협력하여 꿈에 그리던 요리왕 본선 대회 참가 기회를 잡은 것이다. 매사에 냉정함을 잃지 않고 얼음 공주처럼 차갑던 바른이도 무척 좋아하며 흥분했다. 꽁지머리 사부가 해외 출장에서 돌아왔다. 식당은 다시 대회 준비로 활력이 넘쳤다.

　이제 본선 대회까지 주어진 시간은 2주 남짓이었다. 동기도 바른이도 마음이 무척 바빠졌다. 두 사람은 기왕 여기까지 온 것 이참에 요리왕까지 노려 보자고 마음을 모았다. 꽁지머리 사부도 이번에는 욕심을 내는 눈치다. 본격적인 준비를 위해 대회에서 맡을

파트를 정하고 역할 분담을 하기 위해 세 사람이 모였다. 바른이와 꽁지머리 사부 사이에 팽팽한 긴장감이 돌고 동기는 그 사이에서 몸 둘 바를 몰라 쩔쩔 매고 있었다.

"퀴즈를 안 하고 요리를 해야겠다고?"

꽁지머리 사부가 턱에 손을 괴고 고개를 숙인 채 바른이에게 물었다.

"네, 제가 요리를 할래요."

바른이는 단호했다. 바른이에게 퀴즈는 식은 죽 먹기이기에 아무것도 아닌 일이 자신에게 맡겨지는 것에 대해 기분이 나빴다. 반면 중요하고 어려운 과제가 동기 몫이 되는 것에 마음이 상했다. 그러나 요리가 쉬운 동기 입장에서는 굳이 셰프 자리를 맡지 않아도 괜찮다는 마음이다. 자신이 공부를 못하니까 퀴즈에서 밀린 것이고, 그 자리는 당연히 바른이 같이 공부를 잘하는 사람의 몫이라 생각했다. 그래서 뭐라 말도 못하고 풀이 죽었다. 사실은 공부를 잘해 퀴즈를 척척 맞히는 바른이가 부럽기만 했다.

"그럼 퀴즈를 할 사람은 없고 요리할 사람만 둘이네."

꽁지머리 사부는 동기와 바른이를 번갈아 쳐다보았다. 그리고 두 사람이 서로 의논해서 결정하면 전적으로 따르겠다고 했다. 단,

결정에 대해서는 두 사람이 책임을 질 수 있는 좋은 선택이었으면
한다는 말을 남겼다. 동기는 고민에 빠졌다.

　학교에서 만난 바른이도 얼굴에 수심이 가득했다. 본선 대회까
지 얼마 남지 않았는데 고민만 하면서 이틀을 보냈다. 빨리 결정을
내려야 연습도 하고 준비를 할 텐데 마음이 초조해졌다.
　동기는 바른이도 좋고 자신도 좋은 일이 무엇일까 생각하고 또
생각했다. 패자 부활전 참가로 고민할 때 외할머니가 하신 말씀이
떠올랐다. 친구를 위해 불편한 일을 해 보는 것도 괜찮다는…….
　더 이상 지체할 수 없다고 생각한 동기는 요리 수업이 끝나자 바
른이를 불렀다. 놀이터 벤치에 나란히 앉았다. 동기는 가슴이 두근
거렸다. 바른이 앞에만 있으면 늘 주눅이 들고 떨리는 건 어쩔 수
없다. 더듬더듬 말을 꺼냈다.
　“있잖아, 난 셰프는 해도 좋고 안 해도 좋아. 왜냐하면 집에서도
많이 해 봤거든. 크게 상관없어. 네가 알다시피 내가 공부가 좀 안
되잖아. 그래서 퀴즈는 나한테 물어 보지도 않고 너를 찍어 이야기
하는 것이 기분 나빴어. 자존심이 상했지.”
　동기는 퀴즈를 하겠다고 바른이처럼 당당하게 주장하고 싶었다.

하지만 자신이 없고 겁이 나서 차마 하지 못했다고 고백했다. 그리고 공부를 정말 잘해 보고 싶고, 그렇게 하려고 부단히 노력도 해 보지만 참 어려운 일이었다고 어렵사리 말을 이어갔다.

"바른이 너를 질투하고 부러워하고 이겨 보려고도 했지만 쉽지 않더라. 네가 존경스럽기까지 했어."

바른이는 동기의 고백을 아무 말 없이 들었다. 그리고 머뭇거리며 말문을 열었다. 바른이답지 않게 더듬더듬 어렵게 말을 이어갔다.

"눈치 챘을지 모르겠지만 나는 늘 내가 잘하는 것만 해 왔잖아. 진짜 이번만은 그렇게 하고 싶지 않았어. 실패를 감수하더라도 도전적인 선택을 하고 싶었어. 내가 요리를 하겠다고 한 것은 그래서 그랬던 거야. 너를 무시해서 그런 게 아니야."

동기는 고개를 끄덕였다. 바른이의 속마음을 알았다.

"그럼 이번에는 동기 네가 퀴즈에 도전해 볼래?"

바른이가 제안했다.

"해 보고 싶긴 한데, 내가 할 수 있을까?"

"어렵다고 생각해서 그렇고 또 안 해 보던 거라 그래. 공부같이 쉬운 일이 없어. 내가 도와줄게 한번 해 봐."

"진짜? 그럴까? 대신 잘하는 건 없지만 나도 뭐든지 필요한 게 있으면 다 도와줄게."

동기는 반색을 했다. 서로 상대를 돕겠다고 약속을 하고 바른이가 요리 부문을, 동기가 퀴즈 부문을 맡아서 하기로 결정했다. 동기는 기분이 참 좋았다. 바른이랑 이렇게 한 팀이 되어 함께 요리왕 대회에 나가리라곤 상상도 못했던 일이다. 함께 한다는 것은 얼마나 행복하고 힘나는 일인가! 동기는 뭐든 다 할 수 있을 것 같았다.

요리왕 대회가 열흘 앞으로 다가왔다.

꽁지머리 사부는 아이들에게 늦은 시간까지 식당에서 연습하고 공부할 수 있도록 해 주었다. 후회 없이 최선을 다해 보라는 배려였다. 동기와 바른이는 많은 메뉴들을 개발하고 연습하고 정리했다. 그중에는 동기의 요리 노트에서 잠자고 있던 독특한 메뉴들도 많았다. 동기는 신이 났다. 터무니없고 황당하다고 사라질 뻔한 자신의 요리들을 직접 요리하여 맛까지 보는 영광을 누리게 되었으니 말이다. 연습하고 준비하는 과정에서 동기도 바른이도 눈에 띄게 실력이 늘어만 갔다. 하지만 정작 자신들은 그런 변화를 알지 못하는 듯했다. 꽁지머리 사부만이 아이들의 변화를 흐뭇한 눈으로 바라보았다.

바른이의 가장 큰 단점은 너무 단순하고 안전하게만 요리를 하려고 한다는 것이다. 늘 칭찬받고 인정받고 잘해야 했으니까. 그래서 늘 무대포에 의욕 넘치는 동기와 갈등하기도 했다. 동기는 그럴 때마다 바른이에게 연습이니까 시도해 봐도 손해 볼 것은 없다며 바른이를 부추겼다.

동기는 다양한 분야의 많은 상식들을 공부하고 익혀야 하는 퀴즈 때문에 고전했다. 무조건 많은 문제들을 풀어 보고 그것을 외우느라 애를 썼다. 문제와 답을 달달달 외웠다. 문제는 그 이후다. 금방 몇 십 문제를 외우고 돌아서서 바른이가 문제를 내면 그중에 불과 반 정도 밖에 맞추지 못했다. 바른이는 그런 동기가 안타까웠다.

"야아, 너 그렇게 달달 외우면 나중에 생각나니?"

"아니, 분명히 외웠는데 모르겠어."

"무슨 말인지는 알고 외우는 거야?"

"아니, 그냥 머릿속에 집어넣는 거지."

바른이는 동기에게 자신의 공부 비법을 공개했다. 무조건 외워서는 아무리 머리가 좋은 사람이라도 절대 오래 가지 못하고, 많이 공부할 수도 없다고 했다. 동기도 공감했다. 빨리 끝내고 싶어 무조건 외우기는 하는데 지나고 나면 하나도 생각나지 않았다.

"예를 들어 이 문제를 보면, 젤리를 만들기에 적당한 과일로 알맞은 것은 어느 것인가? 파인애플, 사과, 감, 배가 있잖아. 그럼 너는 문제 보고 답 외우고 그렇게 한단 말이지?"

"그렇지."

"나 같으면 이런 궁금증을 가져 볼 거 같아. 왜 사과가 답일까? 이유가 뭐지? 감이랑 배는 왜 안 되나? 그리고 책을 찾아봐."

바른이는 《요리의 기본》 책을 뒤적여 조리 과학 부분을 폈다.

"여기 있네. 팩틴과 산이 부족하면 젤리 만들기가 어렵대. 사과에는 팩틴과 산이 많고 그것 때문에 젤리를 만들기에 좋은 과일이구나라는 걸 알게 되는 거지."

"휴, 매번 문제마다 그렇게 다 찾아봐야 하는 거야? 그럼 언제 이 문제들을 다 외워?"

"아이고, 나동기 네가 참 공부하기가 힘들었겠구나. 끝내는 것만 신경 쓰면 공부를 어떻게 하니? 재미없고 피곤하기만 하지."

"응, 난 그냥 빨리 끝내고만 싶어."

“나동기, 잘 봐. 여기서 더 발전시켜 사과에 대해서 좀 더 자세히 알아보는 거야. 이렇게 하면 재미있어지거든. 그리고 나중에 이 퀴즈가 다 끝나도 사과에 대해서 다양한 지식을 갖게 되는 거지.”

“답을 아는 것에서 끝내지 말고 더 깊이 알아보면 좋다는 거지? 그렇게 하면 공부가 더 재미있어진다는 거고.”

“그래, 그거야. 무조건 외우는 건 공부하는 게 아니지. 빨리 해치우는 거지. 공부는 모르는 걸 알아내고 배우는 거 아닌가?”

“하긴 공부가 끝내기 위해 있는 건 아니지. 모르는 거 알아내고 새로운 거 배우고 그런 거지.”

바른이는 무조건 외우는 동기의 방식을 날카롭게 지적했다. 그리고 그럴 때 궁금증을 가지고 찾아보면 공부가 재미있어진다고 알려 주었다.

옆에서 듣고 있던 꽁지머리 사부가 고개를 끄덕였다.

“그래, 바른이 말이 맞아. 학교 공부도 그냥 겉으로 보면 뭐가 재미있겠니. 좀 더 깊이 알아보고 관련된 것을 찾다 보면 신기한 것도 있고 모르던 것도 알게 되니까 재미가 생기지. 재미있으면 자꾸 하고 싶어지잖아.”

정말 그랬다. 동기는 퀴즈 문제를 바른이가 말한 방법대로 해 보았다. 예전하고는 느낌이 달랐다. 뭔가 해야 하고 끝내야 했던 그 때와는 사뭇 달랐다.

"우유의 주성분은 칼슘과 단백질. 우유의 단백질에 산을 넣어 응고 시킨 것이 치즈? 오호, 치즈에 우유보다 단백질과 칼슘이 훨씬 많다고? 신기하네. 우유의 지방을 모아 가열하여 젖산균을 넣어 발효한 것이 버터라고? 버터에 비타민 A, D, 카로틴이 많다. 어? 카로틴은 당근에 있는 거 아니야? 오호, 맞구나!"

동기의 요리 공부는 집에 와서도 늦은 밤까지 계속 되었다. 밤이 깊어 가도록 책상에 앉아 문제를 풀고 책을 찾아보았다. 아빠는 그런 동기의 모습이 놀라울 따름이었다.

"우리 아들, 공부하는 거야? 무지 열심히 하는구나."

"공부하는 게 아니라 요리왕 대회 준비 하는 거야. 문제 풀고 있어."

"그게 바로 공부지. 허허"

"몰라. 말 시키지 마. 아빠 나 바빠."

"너무 늦게까지 하지 말고 자야지. 그만하고 자라."

밖에서 대화를 듣던 엄마가 큰 소리로 웃으며 말했다.

"우리가 동기에게 공부 그만하고 자라는 말을 하다니 참 살다 보니 이런 일도 있네요."

퀴즈 준비로 바쁜 동기에게 늦은 밤 바른이로부터 문자가 도착했다.

'수학 경시 대회 낼 모레로 임박. 우선 수학부터 열공! 몰라도 좌절 금지! 파이팅!'

동기는 바른이의 잔소리 덕에 시간 나는 대로 수학 문제집도 풀었다. 모르는 것이 나오면 혼자서 궁리하기도 하고 풀이집을 찾아보기도 했다. 그래도 모르는 것은 요리 수업에 가서 바른이에게 직접 물어 보았다. 동기는 '바쁘다 바빠.' 소리를 입에 달고 다녔다. 학교, 집, 식당을 오가며 퀴즈와 수학 공부에 열을 올렸다.

'왜 하필이면 대회 전에 수학 경시 대회람! 힘들게시리.'

그래도 동기는 참 다행이라 생각했다. 대회를 앞두고 있으니 매일 바른이를 만나 모르는 것을 물어 볼 수 있어 좋았다. 수학 경시 대회에서 좋은 일이 있을 것 같은 예감이 들었다. 바른이도 진심으로 응원해 주었다. 동기는 마음속으로 외쳤다.

'공부! 너, 이런 거였어? 뭐 할 만하네! 하하하!'

동기의 예상은 적중했다. 요리왕 대회를 앞두고 치러진 수학 경시 대회에서 80점을 받았다. 동기에게는 최고의 점수였다. 담임선생님도 기철이와 아이들도 모두 놀랐다. 요리왕 대회 준비로 공부에 소홀하지 않을까 걱정하던 엄마와 아빠도 무척 놀랐다. 하지만 그 누구보다 놀란 사람은 바른이였다. 평소 동기가 정말 공부가 안 되는 열등생이라 생각했는데 그 짧은 시간에 성적을 올린 것을 보고 깜짝 놀란 것이다.

"봐! 너도 할 수 있잖아. 만날 못한다고 하더니. 했잖아!"

바른이가 자신의 일처럼 기뻐했다.

"와아, 진짜 기분 짱이다! 고마워. 바른이 네가 도와줘서 그래. 정말 고마워."

바른이는 자신의 도움 덕이라는 동기의 말에 가슴이 뭉클해졌다. 그리고 자신이 정말 중요하고 좋은 사람이 된 것 같아 오히려 동기에게 고마운 마음이 들었다.

드디어 해냈다. 나동기 만세!! 수학 80점!! 내가 정말 해냈다. 바른이 말이 맞다. 모르는 것 나와도 짜증내지 않기! 포기하지 않기! 빨리 끝내고 싶은 마음 때문에 대충하지 않기! 이것만 지키면 공부가 재미있어질 거라더니 성적까지 올랐다. 나는 나에게 약속한다. 모른다고 도망가지 말 것, 피하지 말 것, 포기하지 말 것을! 바른아, 고마워. 이 기세 몰아 요리왕까지 쭈욱~ 아자아자!

☺ **사부님 말씀!**

모르기 때문에 알기 위해 노력하고 더 많이 배우는 법이다. 모르는 것이 많다는 것은 아직도 탐험해야 할 것이 많다는 말!! 피할 수 없다면 즐겨라. 부족하다는 것은 아주 많이많이 성장할 수 있음이다. 부족함을 성장의 발판으로 삼아라.

🕐 **곁다리—** 나는 부족한 것이 많으니까 성장할 가능성도 크다는 말씀. 모르는 것이 많으니까 배울 기회가 아주아주 많다는 말씀.

🕐 재료

⊛ 바나나−식이섬유 풍부, 칼륨, 무기질 함량 높아 체내 수분 조절.

짠 음식으로 인한 고혈압 심장병 위험 낮춤.

검게 변한 바나나 보관법 ; 껍질 벗기고 비닐 랩에 싸서 냉동.

나중에 다른 과일과 함께 섞어 과일 스무디 하면 짱!

⊛ 견과류−몸속 콜레스테롤 떨어뜨림. 성인병에 최고! 비타민E

풍부, 탄력 피부의 비결.

절대 동안 유지의 지름길! 보관은 밀봉 포장하여 냉동.

공기와 접촉하면 짠맛 나고 맛 변함. 이때는 먹지 않는 것이 좋음.

⊛ 치즈−단백질, 칼슘 풍부하여 성장 발육에 좋음. 골다공증 예방

효과. 엄마에게 효도하기.

치즈는 상온에 30분 정도 두어야 고유의 향을 즐길 수 있음.

블루치즈, 체다치즈, 까망베르치즈, 브리치즈, 모짜렐라치즈, 고다

치즈, 파마산치즈 등.

부모님을 위한 만찬

'우리는 요리 꿈나무! 전국 초등학생 요리왕 선발 대회'

현수막이 걸린 대회장에 바른이와 동기는 긴장한 얼굴로 퀴즈 시작을 기다리고 있었다. 다른 팀들과 함께 대회장에 입장했다. 팀 소개가 끝나고 드디어 진행자가 시작을 알렸다. 긴장감으로 얼어붙은 동기를 향해 바른이가 두 주먹을 불끈 쥐어 보였다. 동기는 스스로에게 '너는 예전의 네가 아니야. 잘 할 수 있어.'라고 말했다. 그리고 순발력이 좋고 겁이 없어 잘할 거라는 바른이의 말을 떠올렸다.

동기는 무난하게 문제를 풀었다. 다른 아이들이 너무나 잘해서 좀 불안했지만 바른이는 느낌이 좋았다. 퀴즈를 모두 마치고 요리 경연을 위한 스튜디오로 달려갔다.

"후유, 다들 왜 이렇게 잘하는 거야? 나 어땠어?"

"잘했어. 아주아주 잘."

불안해 하는 동기에게 바른이는 엄지손가락을 들어 보였다.

곧 이어진 요리 경연에서 바른이가 셰프를 하고 동기는 보조를 했다. 주재료는 삶은 감자! 주제는 '부모님을 위한 만찬'

바른이는 얼음처럼 긴장을 했다. 동기가 그런 바른이의 어깨를 툭 치며 말했다.

"정바른 셰프님, 어디 한번 뛰어 볼까? 우리의 손길을 기다리는 저 재료들을 향해서!"

"너무 지루하고 그렇고 그런 메뉴 밖에 안 떠올라. 어쩌지?"

바른이가 우는 소리를 했다.

"무슨 소리? 삶은 감자는 우리가 연습한 재료잖아. 그리고 내 요리 노트에서 봤잖아. 얼마나 무궁무진한데."

동기는 특유의 배짱으로 바른이를 안심시켰다.

"동기야, 내가 했던 베이컨 말이 할까? 그거 하면 시간 안에 끝낼 수 있을 거야."

"그건 너무 단순하다고 꽁지머리 사부가 그랬잖아."

"그럼 어떡해. 거창한 거 했다가 못 끝내면……."

"그렇다고 이런 기회에 만날 하던 걸 하자고? 그건 좀 너무 그렇다. 특별한 걸 만들어 보자. 우린 할 수 있어. 혼자가 아니잖아. 둘이잖아. 겁먹지 마."

"몰라 나는 내가 한 것 밖에 생각이 안나. 시간 없어. 뭐하지? 빨리 빨리."

"괜찮아. 메뉴만 결정되면 만드는 건 금방 만들어. 걱정하지 마."

동기는 재료 부스를 돌아보고 골똘히 생각했다. 그리고 제안했다.

"바른아, 우리가 배운 걸 다 짬뽕해서 새로운 걸 만들어 보자. 카나페, 피자, 샐러드."

"제대로 말해 봐."

"삶은 감자를 잘라서 피자 치즈를 올려 더운 카나페를 만드는 거야."

"작은 피자처럼?"

"그렇지."

동기의 제안에 바른이는 얼굴에 미소가 번졌다. 뭔가 실마리를 찾은 얼굴이다.

"오호, 거기에 베이컨으로 토핑하고 샐러드를 곁들이고?"

바른이가 신이 나서 물었다.

"바로 그거야."

동기가 대답했다.

"오케이, 그럼 한 접시로도 완벽한 만찬이 되겠다. 우리 엄마 아빠도 감자와 치즈 좋아하시거든."

바른이가 좋아하며 말했다.

"그렇지, 엄마 아빠가 다정하게 앉아 맥주나 포도주도 한잔 하실 수 있도록!"

동기도 맞장구를 쳤다.

메뉴가 결정되자 바른이와 동기의 손이 바쁘게 움직였다. 동기는 재료 바구니에 피자 치즈와 베이컨, 브로콜리, 오이, 방울토마토, 샐러드 소스 등을 담아 왔다. 그리고 재료들을 씻고 다듬어 바른이에게 넘겼다. 바른이는 조금 불안했다. 혼자서 했다면 이런 복잡하고 새로운 요리는 시도도 하지 않았을 것이기 때문이다. 동기는 시종일관 신 나고 재미난 얼굴로 바른이의 긴장을 풀어 주었다. 모든 재료들을 준비해 주고 동기는 한 발짝 물러서서 바른이를 응원했다. 바른이는 삶은 감자를 잘라서 치즈를 올리고 베이컨을 다

저 팬에 볶은 뒤 토핑을 해서 동기에게 넘겨주었다. 동기는 오븐에 넣고 타이머를 10분에 맞췄다. 그 사이 바른이는 샐러드를 만들었다. 전광판에 시계가 마감 17분전을 알렸다. 동기는 주변을 돌아보았다. 이미 거의 마무리 단계에 있는 팀이 있는 반면 허둥대며 싸우는 팀들도 눈에 띄었다. 전광판 시계를 본 바른이가 다시 초조해 했다.

"시간이 모자라. 브로콜리 데쳐야지."

동기는 전기주전자에 소금을 살짝 넣고 물을 끓였다. 그리고 적당한 크기로 자른 브로콜리를 바구니에 담고 뜨거운 물을 부었다.

"이렇게 하면 빠른 시간에 데쳐지지. 내가 책에서 봤어. 짱이지?"

동기는 요리 수업에서 생브로콜리를 샐러드에 넣어 창피당했던 날 집에서 다시 책을 찾아보았던 것이다.

어느덧 전광판의 시계는 5분 전을 알렸다. 바른이는 오이, 브로콜리, 방울토마토로 샐러드를 만들어 큰 접시에 담았다. 그리고 오븐에서 꺼낸 감자치즈구이를 담고 베이컨을 뿌렸다. 그동안 동기는 테이블 세팅을 맡았다. 올리브색 매트를 깔고 포크와 포도주 잔을 준비했다. 바른이가 테이블에 요리 접시를 올려놓자 전광판 시계가 0을 알리고 끝을 알리는 부저가 울렸다.

곧바로 심사가 이어졌다. 동기와 바른이는 서로 말없이 쳐다보았다. 둘은 서로의 마음을 알 것 같았다. 심사위원이 동기와 바른이팀 테이블을 거쳐 갔다. 이제 곧 다가올 결정의 시간. 대회장은 긴장감이 흘렀다. 미처 끝내지 못해 울상인 테이블도 간혹 있었다. 대상인 요리왕, 금상, 은상, 동상 모두 네 팀을 뽑게 된다.

동기와 바른이는 손에 땀을 쥐며 결과를 기다렸다.

"우리에게 행운이 돌아올까?"

동기가 물었다.

"글쎄. 그랬으면 좋겠다."

"너 예전에 그 정바른 맞냐? 도도하고 잘난 척하던 정바른?"

동기는 피식 웃어 보였다.

"그러는 너 어떻고, 천하의 열등생 시고뭉치 니동기 맞아?"

둘은 킥킥대며 함께 웃었다.

"수상자 발표가 있겠습니다."

긴장의 시간이 시작되었다. 먼저 장려상을 받는 여러 팀이 발표되었다. 다행인지 불행인지 동기네는 호명되지 않았다. 이어서 본상 발표가 시작되었다. 먼저 동상 순서다.

동상

동기는 벌써부터 마음속으로 간절하게 기도를 올리고 있었다. 눈을 꼭 감은 채.

"동상"

"참가번호 15번!"

동기와 바른이는 너무 놀라 입을 떡 벌리고 한참을 서 있었다.

"15번! 나동기, 정바른 팀! 브로콜리를 곁들인 감자치즈구이!"

"나동기, 뭐라 그래? 우리 이름 불렀니? 그런 거지?"

"야호!"

동기가 소리를 지르며 두 팔을 활짝 펴고 만세를 불렀다. 바른이도 꺅! 소리를 지르며 발을 동동 굴렀다. 동기도 함께 발을 굴렀다. 둘은 누구랄 것도 없이 서로 손을 잡고 흔들었다.

얼마 후에 시상식이 이어졌고, 엄마들이 동기와 바른이에게 꽃다발을 안겨주었다. 꽁지머리 사부도 얼굴에 가득 웃음을 머금고 기뻐했다.

"난 너희 둘이 함께 해낸 것이 너무 자랑스럽고 대견해! 나동기, 정바른 최고다, 최고!"

엄마, 공부 할래!

　동기와 바른이는 비록 요리왕이 되진 못했지만 동상을 받은 것이 무척 기쁘고 자랑스러웠다. 서로 얼굴만 보면 아웅다웅하던 두 사람이 한 팀으로 이루어 낸 승리가 아니었던가! 게다가 꼴찌 나동기가 공부를 하여 퀴즈에서 90점 이상의 점수를 받았다. 최상위 그룹에 든 것이다. 꽁지네 식당 입구에는 작은 플랜카드가 걸렸다.

　'나동기, 정바른 전국 초등학생 요리왕 선발 대회 동상 수상!'

　그리고 상을 받은 요리는 꽁지네 식당의 정식 메뉴가 되어 메뉴판에 올라 있었다. 동기와 바른이는 학교에서도 스타가 되어 아이들 입에 오르내렸다. 비록 동상에 그쳐 요리왕 타이틀을 손에 넣진 못했지만 학교에서는 요리왕으로 통했다. 학교 홈페이지에 학교를 빛낸 어린이로 올라 있었다. 천하의 사고뭉치 열등생 나동기가 학교를 빛낸 어린이로 등극한 것이다.

엄마는 글 쓰는 일에 열심이다. 오래전에 접었던 꿈을 펼치고 있는 중이다. 동기는 그런 엄마가 자랑스러웠고 꿈을 이루도록 돕고 싶었다. 꿈은 사람을 힘나게 하고 움직이게 하는 힘이라는 것을 알고 있기 때문이다.

"나동기! 저녁 어쩌지? 엄마가 지금 바쁘게 마무리해야 할 일이 있어. 지금 안 하면 맥이 끊길 것 같아. 배고프니?"

엄마가 큰 소리로 동기를 불렀다.

"아빠는?"

"소파에서 잠드셨어. 뭐 시켜 줄까?"

"아니, 아빠 깨워서 밥 좀 해 달라고 할게. 엄마는 지금 중요한 일 하는 중이라고."

"하하하. 아빠가 밥을? 우리 동기라면 몰라도 아빠가 밥을 할까?"

동기는 거실로 나가서 아빠를 흔들어 깨웠다. 아빠는 부스스 일어났다.

"아빠, 엄마가 원고 때문에 밥을 못 하신대. 아빠가 밥 좀 해 봐."

“아빠는 못 해. 할 줄 몰라.”

기지개를 켜며 아빠가 대답했다.

“못 하는 게 어딨어. 내가 도와줄게. 엄마가 작가가 되셔서 글 쓰시는데 아빠가 그것도 못 해 줘?”

동기는 아빠 팔을 끌어 주방으로 갔다.

“아빠도 이제 유명 작가 남편 되는 연습을 해야 해. 엄마가 유명해져서 집을 많이 비우면 우리끼리 밥을 해결해야 하잖아. 안 그래?”

아빠는 큰 소리로 웃었다.

“그런데 아빠는 못 해! 네가 해라.”

“아빠가 안 해 봐서 그렇지 해 보면 다 할 수 있어. 나 공부 못한다고 했을 때 아빠가 뭐라 그랬어. 못 한다고 안 하냐? 그랬지. 아빠도 마찬가지야.”

동기가 정색을 하고 말했다.

“아이구, 알았다. 알았어.”

“아빠도 공부하세요! 집안 일 공부!”

“나동기 셰프님 오늘의 메뉴는 뭘로 할까요?”

아빠가 물었다.

동기는 냉장고를 뒤져 보더니 대답했다.

"오늘은 냉장고 청소 요리를 해 보도록 하겠습니다. 냉장고에 있는 여러 가지 채소와 떡을 이용해서 치즈 떡볶이를 하겠습니다."

아빠와 동기는 재료들을 꺼내서 요리를 시작했다. 아빠는 칼질도 서툴고 모든 것이 서툴렀다. 동기는 그런 아빠에게 배움과 훈련의 중요성을 강조하며 요리를 했다. 드디어 요리가 완성되고 식탁에 온 가족이 둘러앉았다. 동기는 글을 쓰고 있는 엄마를 불러왔다.

"오늘은 글 쓰는 엄마를 위해 아빠가 만든 만찬입니다. 물론 사랑스런 아들의 도움을 받아서 한 것이고요."

"동기 잔소리 하는 거 보니 당신 닮았어. 잔소리가 장난이 아닌 걸?"

아빠의 말에 엄마는 깔깔대며 웃었다.

"민주적인 가정을 위해서 당신도 이집에서 살아남는 공부를 하는 거지."

"그렇지 아빠. 이제부터는 엄마도 일이 생겼으니까 우리가 공동으로 가사 분담 해야지."

동기가 거들었다.

"우리 아들 최고다! 나동기 성적만 오른 것이 아니라 생각도 쑥쑥 컸구만."

엄마는 흐뭇한 눈으로 동기를 바라보았다.

식사가 모두 끝나자 동기는 설거지 하라고 아빠를 주방으로 밀어 넣고 앞치마까지 둘러 드렸다. 엄마는 못 이기는 척 컴퓨터 방으로 들어가고 동기는 식탁을 치웠다. 설거지가 끝나고 아빠는 엄마에게 함께 산책을 가자고 했다.

"동기야, 너도 같이 산책이나 나가자."

"아빠, 저 공부할래요! 할 게 많아요. 두 분이 다정히 다녀오세요."

"참 살다 보니 이런 날도 있네요. 동기 입에서 '공부할래요'. 소리가 다 나오고."

엄마가 웃으며 말했다.

방으로 들어온 동기는 책상에 앉아 수학 문제집을 폈다. 책상 앞쪽 벽면에 요리왕 대회 상장과 수학 경시 대회 80점 시험지 두 장을 붙여 두었다. 볼수록 기분 좋고 힘이 나는 동기의 자랑스런 훈장들이다. 공부를 하다가 어려운 문제들을 만날 때면 그 훈장들을 쳐다보곤 한다. 그러면 그 훈장들이 동기에게 나지막이 속삭인다.

'너는 할 수 있어. 이거 봐. 이렇게 해냈잖아. 조금만 참고 한 걸음만 더 나아가 봐.'

공부가 기적적으로 재미있다거나 쉬워졌다거나 그런 일은 없다.

여전히 공부는 어렵고 벽에 부딪힌 것처럼 답답할 때가 많다. 그러나 동기는 안다. 그런 순간, 그런 느낌은 누구에게나 다 있다는 것을. 그리고 그 순간은 피해야 할 것도 아니고 자신이 못나서도 아니라는 것을. 그것은 마치 산을 올라가는 길에 길을 잃었거나 큰 장애물을 만난 것과 다르지 않다는 것을. 찬찬히 길을 찾고 더 자세히 살펴보고 물어 보면서 그곳에서 새 길을 찾아야 한다는 것을. 어렵고 모르는 문제들은 알기 위해 있다는 것을.

그래서 동기는 오늘도 힘차게 외친다.

"엄마, 아빠! 나, 공부할래요!"